STURM UND SONNE

AF287358

Wilhelm Straub

Sturm und Sonne

Autobiografie

1. Auflage September 2010
2. Auflage Januar 2012
3. Auflage Februar 2013

Herstellung und Verlag:
BoD - Books on Demand, Norderstedt
ISBN 978-3-8482-6453-7

Inhalt

5

Vorwort

Wir haben in der Epoche des Zweiten Weltkrieges gelebt. Die Bombenangriffe, der Hunger, die Flucht und die vielen Gefahren dieses grausamen Krieges haben mich geprägt. Ich habe meiner Familie mehrere Male von dieser Zeit erzählt, und sie ermunterten mich, meine Erlebnisse aufzuschreiben. Mehr als ein Jahr lang habe ich an dieser Autobiografie gearbeitet. Ich hoffe, dass die Leser die nun folgende Geschichte meines Lebens interessant finden.

1 Sturm

Obstgarten

Das kleine 500-Einwohner-Dorf Mariahilf, in dem ich 1931 geboren wurde, lag damals auf polnischem Staatsgebiet[1]. Die österreichische Kaiserin Maria Theresa förderte die Besiedlung von Galizien, und alle Dörfer hatten deutsche Namen, wie Mariahilf, Rosenheck und Flehberg. Mariahilf wurde im 17. Jahrhundert von Auswanderern aus dem Waldviertel[2] gegründet. Als deren Nachkommen sprachen wir immer noch einen österreichischen Dialekt. Wir gingen in eine Schule, in der Deutsch die Unterrichtssprache war. Auch in

---

1 Dieses Gebiet gehörte bis 1918 zur Österreichisch-Ungarischen Monarchie und wurde dann dem polnischen Staat zugesprochen. Durch den Hitler-Stalin-Pakt vom 23. August 1939 wurde die polnische Ostgrenze nach Westen verschoben, so dass dieser Teil an die Sowjetunion fiel und seit 1990 zur wieder selbstständigen Ukraine gehört.
2 Das Waldviertel ist der nordwestliche Teil des österreichischen Bundeslandes Niederösterreich.

9

der Kirche wurde auf Deutsch gepredigt und gesungen.

Zum Bauernhof meiner Eltern gehörten auch Felder, durch die sich ein kleiner Bach mit vielen Windungen malerisch hindurchschlängelte. Das flache Land ermöglichte den Blick zum Horizont, wo man die Ausläufer der Karpaten im Südwesten erkennen konnte. Auf den fruchtbaren und ertragreichen Äckern waren meistens ukrainische Hilfskräfte eingesetzt. Traktoren und Mähdrescher gab es nicht. Die nächstgelegene Stadt Kolomea[3] hatte dreißigtausend Einwohner und war sieben Kilometer entfernt. Dorthin fuhren wir mit dem Pferdegespann, um unsere notwendigen Einkäufe zu tätigen. Mit Lebensmitteln konnten wir uns weitgehend selbst versorgen. Unser Bauernhof bestand aus einem Wohnhaus mit Stallungen und einer Scheune. Feldgeräte, Viehfutter, Naturalien und Ähnliches wurden in einem separaten Raum gelagert. Im Stall befanden sich sechs Kühe, zwei Pferde und ein Dutzend Hühner.

Aus einem Ziehbrunnen, der sich vor dem Wohnhaus befand, schöpften wir das Wasser für den Haushalt, das Vieh und den Garten. Ein Hund und einige

---

3 Polnisch: Kolomyja.

Katzen waren unsere vierbeinigen Hausgenossen. In einer Mistgrube reifte der Stallmist zum Dünger, und auf dem Hausdach nistete ein Storchenpaar.

Das Leben in unserem Dorf verlief ruhig und friedlich. Autos sah man nur, wenn ein Arzt oder ein Vertreter kam. Wir hörten die Hähne krähen, die Hühner gackern, die Hunde bellen, die Störche klappern. Alle lebten mit der Natur, und am Sonntag ging man gut angezogen zur Kirche. Nach der Messe traf man sich, um Neuigkeiten auszutauschen und ein wenig zu plaudern.

Abends mussten wir unsere Petroleumlampen anzünden, denn elektrischen Strom gab es noch nicht. Aber mein Vater hatte einen Batterie-Empfänger mit Trichterlautsprecher gebastelt: das war das erste Radio im Dorf. Durch diese Sensation hatten wir oft nachbarlichen Besuch, der kam, um Radio zu hören.

Alle meine Großeltern wohnten in der Nähe, doch zu den einen hatte ich bessere Beziehungen als zu den anderen. Bei den Eltern meines Vaters fühlte ich mich nicht so wohl, weil sie alleine lebten. Hingegen wohnten bei den Großeltern mütterlicherseits auch eine Tante und vier Onkel, deren jüngster, Poldi, nur zwei Jahre älter war als ich. Als erster

Enkel war ich der Liebling aller Familienmitglieder, und so wurde ich von allen Seiten verwöhnt.

Der Bauernhof meiner Großeltern mütterlicherseits war der größte und schönste im Dorf. Er war ähnlich gegliedert wie unserer, besaß aber zusätzlich eine Werkstatt mit einer Schmiede und ein großes Lagerhaus. Daneben gab es noch ein großes Betonbecken, in das die Jauche aus dem Stall floss. Auf der rechten Seite des Eingangs gab es einen schönen, großen Garten mit vielen verschiedenen Obstbäumen.

Mein Großvater hatte als Erdölbohrmeister bei einer holländischen Firma in Borneo, Indonesien, sehr gut verdient. Diese Firma war sehr großzügig: Sie zahlte ihm für jeden Betrag, den er auf einer Bank sparte, dieselbe Summe als Extrabonus aus. Er beschloss also nach sechs Jahren, mit seinen Ersparnissen heimzukehren, zuerst mit einem Schiff nach Europa und dann mit der Eisenbahn nach Mariahilf. Sein Geld verteilte er in mehrere Taschen seines Anzuges. Beim Umsteigen in Warschau kam er in ein Gedränge. Erst im anderen Zug bemerkte er, dass das Geld in der rechten Brusttasche, in der leider der größte Betrag gewesen war, gänzlich fehlte. Als er sich den Anzug näher besah, stellte er fest, dass dieser an der Stelle, wo die Brusttasche war, einen Schnitt hatte, der wahrscheinlich mit einem

Rasiermesser ausgeführt worden war. Es war ein großer Verlust.

Er verlor aber nicht den Mut, sondern verpflichtete sich nochmals für weitere vier Jahre bei der gleichen Firma. Dieses Mal nahm er die ganze Familie mit: Großmutter, meine Mutter und ihre damaligen drei Geschwister. Als Großvater nach dieser Zeit mit seiner Familie zurück nach Mariahilf kam, hatte er genügend Mittel, um mehr Land zu kaufen und seinen Bauernhof zu vergrößern und zu renovieren. Die Familie wuchs dann ständig, und meine Großmutter gebar zwölf Kinder, von denen jedoch fünf starben. Das war aber zu dieser Zeit nicht außergewöhnlich, denn die Medizin befand sich damals noch in den Kinderschuhen.

Familie Straub. In der Mitte meine Großeltern

An diesen Bauernhof erinnere ich mich sehr gut. Ich besuchte meine Oma oft. Mit meinem Onkel Poldi verbrachte ich viel Zeit im Haus, auf dem Hof und im Garten, im Wald und auf den Feldern. An einem nahegelegenen kleinen Fluss fischten wir oft Fische, und hie und da fingen wir Krebse. Manchmal hüteten wir auch die Kühe und passten auf, dass sie nicht auf fremden Feldern grasten. Wir konnten vieles sehen und unternehmen, sodass keine Langeweile aufkam.

Ich kann mich an vieles nicht erinnern, aber es gibt ganz bestimmte Ereignisse, die mir bis heute im Gedächtnis geblieben sind. Als Vierjähriger balancierte ich einmal am Rande der betonierten Jauchegrube und fiel prompt hinein. Glücklicherweise war mein älterer Onkel Josef in der Nähe, der mich schnell aus der giftigen Brühe zog. Das Wenige, das ich dabei schluckte, hat mir nicht geschadet.

Eine andere Erinnerung führt mich in den Obstgarten. Manchmal suchte ich darin nach Äpfeln oder Birnen. Einmal sammelte ich gerade wieder Fallobst, da kam eine junge Magd, stieg auf einen Baum und pflückte Äpfel für einen Apfelstrudel. Ich stand unten und schaute hinauf. Ich sah, dass sie kein Höschen unter ihrem Rock trug. Ich war zu dieser Zeit gerade erst vier oder fünf Jahre alt, und obwohl ich noch überhaupt nichts über Sex wusste, beeindruckte mich dieser Anblick so sehr, dass ich diesen Moment bis heute nicht vergessen habe.

Kornmandln

So verbrachten wir eine glückliche Zeit, bis sich 1937 die Lage zu verschlechtern begann. Im benachbarten Deutschland war 1933 Hitler an die Macht gekommen, der viel Unglück, Tod und Zerstörung über Europa brachte. Für seinen Wahlsieg mit knapper Mehrheit war mit entscheidend, dass Deutschland durch den Friedensvertrag von Versailles genötigt worden war, die Alleinschuld am Ersten Weltkrieg anzuerkennen und riesige Summen an Kriegsentschädigungen (so genannte Reparationen) an die Siegermächte zu zahlen. Außerdem musste Deutschland seine Kolonien und fast ein Drittel des Staatsgebietes an die Alliierten abtreten. Dies und eine entsprechende Propaganda führten zum Wahlsieg Hitlers. Als ihn der greise Staatspräsident Hindenburg dann zum Reichskanzler ernannte, nahm das Verhängnis seinen Lauf.

Hitler drang darauf, auf dem ehemaligen deutschen Gebiet, das Deutschland von Danzig trennte, einen Eisenbahnkorridor bauen zu dürfen. Der damalige polnische Präsident Pilsudski zeigte sich zu Verhandlungen bereit. Aber die künftigen Alliierten waren gegen dieses Abkommen. Sie brachten den polnischen Staatspräsidenten von dem Vorhaben ab und versprachen ihm vollen Beistand im Falle eines Konflikts mit Deutschland.

Zunächst änderte sich in unserem Dorf nichts, aber nach und nach setzten uns die polnischen Behörden und auch die polnische Bevölkerung immer mehr unter Druck. Ab 1937 wurde es immer schwieriger, unsere landwirtschaftlichen Produkte in Kolomea zu verkaufen. Qualität und Preise wurden beanstandet und die Preise wurden heruntergehandelt, sodass immer öfter Bauern mit unverkaufter Ware zurückkamen. Die deutsche Schule wurde geschlossen und der deutsche Pfarrer durch einen polnischen ersetzt. Dann wurde verordnet, dass in allen deutschsprachigen Dörfern die Zäune grün gestrichen werden mussten. Vermutlich wollte ein Farbenfabrikant seinen Umsatz steigern. Es wurde immer schlimmer, bis die Behörden schließlich unsere Pferde enteigneten. Die jüngeren Männer wurden eingezogen und die älteren wurden ins Gefängnis gesperrt, wo sie unter schlimmen Bedingungen lebten. Wenn meine Großmutter ihrem

16

Mann Essen ins Gefängnis brachte, versalzten es die Wärter meistens oder schütteten es auf den Boden. Und oft überfielen polnische Banden deutsche Dörfer.

Dies alles führte dazu, dass mein Vater sich entschloss, seinen Bauernhof zu verpachten. Da er während seiner Dienstzeit beim polnischen Militär das Maschinenschlosserhandwerk erlernt und eine Abschlussprüfung vorweisen konnte, bewarb er sich erfolgreich bei einer Maschinenfabrik in Krakau, und so zogen wir Ende 1937 in diese Stadt. Der Wechsel von einem kleinen Dorf in eine große Stadt war für mich beeindruckend – so viele große Gebäude, so viele Menschen und so viele Autos. In dieser sehr schönen Kulturstadt gab es viel zu sehen und zu entdecken. Vater konnte eine Wohnung in einem Neubau mieten. Der Geruch von frischer Farbe blieb mir lange in Erinnerung. Ab Anfang 1938 war ich Schüler einer polnischen Schule. Der Beginn war sehr schwer für mich, denn ich konnte kein einziges Wort Polnisch. Eine schwarz gekleidete Nonne, die etwas Deutsch konnte, war unsere Lehrerin. Ich lernte schnell und konnte mich schon nach einigen Wochen auf Polnisch verständlich machen. Als wir die Aufgabe bekamen, etwas nach eigener Wahl zu zeichnen, zeichnete ich ein Auto, und Autos waren es auch, die mein künftiges Leben stark beeinflussten.

Eigentlich war es eine schöne Zeit in Krakau, und da ich die Sprache rasch lernte, hatte ich bald polnische Freunde. Mit meinen Eltern besuchte ich zum ersten Mal ein Kino und sah einen Disney-Film. Alles war für mich neu: die Straßenbahn, die großen Gebäude, die schönen Kirchen und vieles andere.

Zu meinen Eltern stand ich in einem guten, liebevollen Verhältnis. Da mein Vater sehr sparsam war, gab es manchmal Spannungen in der Ehe. Aber er hat stets bestens für die Familie gesorgt und uns oft aus gefährlichen Situationen gerettet.

In den großen Schulferien im August 1939 fuhren meine Mutter und ich nach Mariahilf, um einige Wochen bei den Großeltern zu verbringen. Inzwischen hatte sich die allgemeine Lage sehr verschlechtert, und es gab immer mehr Überfälle. Deshalb ließ Großvater alles, was als wertvoll oder wichtig angesehen wurde, in eine große Holzkiste verpacken. Diese wurde im Boden eines Lagerhauses vergraben, um auf diese Weise das Notwendigste vor einer Brandschatzung zu bewahren.

Am 6. September marschierte die deutsche Wehrmacht in Polen ein, und der Zweite Weltkrieg hatte begonnen. Wir hörten, dass immer mehr Dörfer überfallen wurden und es schon viele Todesopfer gab. Eines Tages trafen viele Menschen aus einem weiter entfernten, von Donauschwaben bewohnten Dorf bei uns ein. Ihr Dorf war von polnischen Banden überfallen worden; sie aber waren geflüchtet und hatten so ihr Leben retten können. Sie erzählten uns, dass viele Menschen in eine große Scheune getrieben wurden, die dann verriegelt und angezündet wurde. Die Eingeschlossenen waren also bei lebendigem Leibe qualvoll verbrannt. Andere wurden erschlagen und viele vorher gefoltert. Wie viele Todesopfer es bei diesem Überfall insgesamt gab, haben wir nie erfahren.

Die Flüchtlinge teilten uns auch mit, dass diese Banden vorhätten, in der nächsten oder übernächsten Nacht auch unser Dorf zu überfallen. Es brach eine große Panik aus, denn es gab ja keinen Ort, an dem wir sicher waren. Nun wurde beraten, und man kam zu dem Entschluss, dass die Einwohner sich in den Kornmandln[4] verstecken sollten, die nach der abgeschlossenen Ernte noch in großer Zahl auf den Feldern herumstanden, um in der Sonne zu trocknen. Diese Strohgebilde waren innen hohl, und so konnten sich darin zwei oder drei Personen verstecken.

---

4 Getreidegarben.

Jeder packte Essen, Wasser und das Notwendigste, das man tragen konnte, zusammen und begab sich zu den Feldern.

Die Nacht verging, und niemand suchte in den Feldern nach uns. Man hörte aber immer deutlicher Maschinengewehrfeuer, Kanonendonner und anderen Kriegslärm. Am Morgen schlichen Männer ins Dorf, um zu sehen, was geschehen war: Mehrere Häuser waren aufgebrochen und geplündert, aber ansonsten gab es keine größeren Schäden. Man vermutete, dass die Banden vor den näherkommenden Kriegshandlungen geflüchtet waren. Nun wagten es immer mehr Leute, im Dorf nachzusehen, was mit ihrem Eigentum passiert war. Aber in der Nacht versteckten sich die vorsichtigen Bewohner weiterhin auf den Feldern. Nach drei Tagen marschierte die Rote Armee in unser Dorf ein.

Die meisten Soldaten kamen mit Pferdefuhrwerken und machten einen ziemlich armseligen Eindruck. Später hörte man, dass sie mit Fuhrwerken gekommen wären, um zu zeigen, dass sie noch nicht für einen großen Krieg gerüstet waren. Sie befreiten die Dorfbewohner aus dem Gefängnis und sperrten dafür die Gefängniswärter und andere verdächtige Polen ein.

Die Sowjetunion war damals noch mit dem Groß-
deutschen Reich verbündet und griff mit diesem
gemeinsam Polen an. Am 1. November 1939 kapitu-
lierte Polen und wurde zwischen der UdSSR und
Deutschland aufgeteilt. England und Frankreich
erklärten Deutschland den Krieg, aber nicht der
Sowjetunion, die ebenfalls Polen besetzte.

Alle Einwohner der deutschsprachigen Dörfer
wurden nach Westen in die Nähe von Lodz umgesie-
delt und bekamen dort einen Bauernhof. Viele Polen
wurden enteignet. Auch das muss als ein großes
Unrecht angesehen werden.

Lachkrampf

Mutter und ich machten uns am 10. November
auf den Weg nach Krakau. Die Eisenbahn verkehrte
noch nicht regelmäßig, aber irgendwie konnten wir
einen Zug erwischen, der in Richtung Krakau fuhr.
Da viele Strecken noch beschädigt waren, konnten
die Züge dort nur sehr langsam fahren, sodass wir
unserem Ziel nur langsam näherkamen. Aber in
Prömsel (polnisch *Przemyśl*) ging es dann nicht
mehr weiter, denn diese Stadt war zweigeteilt. Eine
Hälfte war von den sowjetischen Truppen besetzt

und die andere Hälfte von der deutschen Wehrmacht. Wir waren auf der sowjetischen Seite. Der Fluss San, der durch die Stadt fließt, war die Grenze zwischen den beiden Besatzungen. Nun standen wir da: Was tun? Die Stadt war voll von Flüchtlingen, und alle Hotels waren belegt. Nach stundenlangem Suchen nach einem Schlafplatz konnten wir in einem kleinen Hotel unterkommen. Zwar waren keine Zimmer frei, aber wir durften in einem kleinen Raum einige Tische zusammenstellen. Mit Matratzen, die man uns zur Verfügung stellte, bauten wir uns eine Schlafstelle.

Es gab in der Stadt nur einen Übergang zur deutschen Besatzungszone, an einer der Brücken. Wir hörten, dass die Sowjets niemanden aus ihrer Zone hinauslassen und nur sagen würden: „Vielleicht morgen!" Von deutscher Seite durfte man sich hin und zurück frei bewegen. Doch auf der russischen Seite konnte man zwar rein, aber nicht wieder raus. Trotzdem versuchten auch wir, wie viele andere Flüchtlinge, an dieser Brücke unser Glück. Als wir hinkamen, waren da schon hunderte Menschen, die zur Brücke drängten. Aber dort standen zehn bis fünfzehn Sowjetsoldaten, welche die Menschenmenge mit Bajonetten zurückdrängten. Sie brüllten immer:

„Daway nazat, daway nazat!", was ungefähr „Los, zurück" bedeutet, und „Morgen, morgen".

Wir gingen nun fast jeden Tag zu dieser Brücke, denn manchmal lief das Gerücht um, dass am nächsten Tag der Übergang offen sein würde. Ein besonderer Vorfall ist mir noch in Erinnerung geblieben: Als meine Mutter und ich ganz vorne an der Brücke standen, konnte man drüben die deutschen Soldaten und eine junge Frau sehen, die zu uns herüberwinkte. Dann erkannten wir, dass sie einem kleinen, etwa achtjährigen Jungen zuwinkte, der auf unserer Seite stand – es war ihr Sohn. Der Junge wollte natürlich unbedingt zu seiner Mutter, doch die Sowjets hielten ihn fest. Aber in einem unbewachten Augenblick riss er sich los und rannte so schnell er konnte über die Brücke, seiner Mutter entgegen. Die sowjetischen Soldaten rissen ihre Gewehre hoch und zielten auf das Kind. Die deutschen Soldaten auf der anderen Seite brüllten: „Nicht schießen! Nicht schießen!" Da senkten die Rotarmisten ihre Waffen, und der Knabe kam glücklich bei seiner Mutter an. Alle wartenden Menschen klatschten begeistert Beifall.

So vergingen Tage und Wochen. Es wurde immer schwieriger, Lebensmittel zu kaufen, die inzwischen Mangelware waren. Im Restaurant unseres kleinen Hotels gab es manchmal Linsensuppe, und wenn es gut lief auch eine Kartoffelsuppe. Die Bäckereien verkauften manchmal noch Brot, doch sie hatten wenig Mehl, und so musste man sich sehr früh anstellen, um dieses wichtige Nahrungsmittel zu bekommen. Mutter stand oft schon um 5 Uhr in der Schlange vor einer Bäckerei, um das begehrte Brot noch kaufen zu können. Die Lage war verzweifelt, denn das Geld ging langsam zu Ende, und es sah nicht danach aus, als ob die Zonengrenze jemals geöffnet werden würde.

Da lernte meine Mutter im Hotel einen Mann kennen, der jemanden bestochen und so eine Genehmigung zum Zonenübertritt erhalten hatte. Durch diesen Mann konnte sie meinem Vater eine Nachricht über unsere Lage zukommen lassen. Zu unserer großen Freude kam mein Vater nach einigen Tagen bei uns an. Nun hatten wir wieder Hoffnung, dieser misslichen Lage bald zu entkommen.

Vater versuchte zunächst, auf legalem Weg über die Zonengrenze zu kommen, aber da dies aussichtslos war, musste er eine andere Möglichkeit suchen. Nach langem Suchen und Herumfragen lernte er einen Mann kennen, der Menschen durch den Fluss San führte. Er wohnte ganz in der Nähe des Flusses an einer Stelle, wo dieser sehr breit und daher nicht sehr tief war. Das Sonderbare an diesem Mann war, dass er keine Arme hatte; aber er hatte zwei kräftige Söhne, welche die Führung durch den Fluss übernahmen. Wie viel wir dafür bezahlen mussten, weiß ich nicht mehr, aber wenn man das Geld hat, ist für die Freiheit nichts zu teuer.

Am nächsten Tag kamen wir, wie vereinbart, um 22 Uhr zu dem Haus des armlosen Mannes. Dort wartete bereits eine größere Gruppe von Leuten, die auch durch den Fluss wollten. Es wurde uns erklärt, wie wir uns bei der Überquerung der Besatzungsgrenze verhalten sollten. Zwei Kilometer vor dem San war Brachland, mit Bäumen und Gebüschen bewachsen. Direkt am Fluss patrouillierten sowjetische Posten. Jeder hatte einen Abschnitt von etwa drei Kilometern abzuschreiten. Wenn also der Wachposten am weitesten entfernt war, mussten wir schnell in Richtung Fluss laufen, und wenn er sich wieder näherte, hatten wir uns auf den Boden zu legen und uns ganz ruhig zu verhalten. Das wiederholte sich so lange, bis wir ans Ufer kamen.

Vater nahm mich auf die Schultern und trug noch einen Koffer. Es war bereits Mitte November, es war ziemlich kühl, und auch das Wasser war kalt und tiefer, als man uns gesagt hatte. Meinem Vater reichte es bis zur Brust und der Mutter, die etwas kleiner war, noch höher hinauf. Sie hatte einen

Rucksack und einen kleinen Koffer zu tragen. Mir hingen die Beine ins Wasser, und von der Nervenanspannung bekam ich einen Lachkrampf. Mein Vater wurde davon angesteckt und ebenfalls von einem Lachkrampf befallen. Als wir uns der Flussmitte näherten, wurde die Strömung immer stärker. Einige ältere Menschen wurden langsam abgetrieben, andere verloren ihre Gepäckstücke. Auch Mutter musste einen Handkoffer loslassen, da die Strömung zu stark war. Wir hörten Schüsse, aber wir wussten nicht, wem sie galten. Der Lachkrampf war uns sehr schnell vergangen. Endlich erreichten wir das andere Ufer.

Erschöpft fielen die Menschen zu Boden, kamen aber nach einer kleinen Ruhepause wieder zu Kräften. Auch die Kälte trieb uns wieder hoch, denn es waren nur wenige Grad über Null, und mit nasser Kleidung leidet man unter der Kälte viel mehr. Ich hatte Glück, dass bei mir nur der untere Teil meiner Hosenbeine nass war. Wie viele Leute das Ziel nicht erreichten, oder ob andere sich weiter flussabwärts ans ersehnte Ufer retten konnten, wussten wir nicht. Es war dunkel, sodass man nicht nachzählen konnte, ob alle Flüchtenden angekommen waren. Unsere Fluchthelfer führten uns noch zu einem nahen Haus, dessen Bewohner uns eine behelfsmäßige Unter-

kunft für eine Nacht gewährten. Sie gaben uns heißen Tee, belegte Brote und Kekse. Auch Decken
bekamen wir, und so konnten wir die nassen Kleider
zum Trocknen aufhängen.

Ungefähr 25 Personen mussten sich in dem Haus
eine Schlafstelle suchen. Mutter und ich fanden
einen Platz auf einer Treppe. Andere wurden von
Verwandten abgeholt, die vorher verständigt worden
waren. Erst gegen drei Uhr früh kamen wir zum
Schlafen, daher waren wir am nächsten Morgen
noch sehr müde. Die Hausbewohner informierten
uns, dass es in der Stadt ein Auffanglager vom
Roten Kreuz gebe, wo Flüchtlinge aller Nationen
aufgenommen würden. Darüber waren wir sehr froh,
denn wir waren ja noch polnische Staatsbürger und
fürchteten, dass vielleicht nur Deutsche dort Unter-
schlupf fänden. Später änderte sich das leider zum
Schlechteren.

Das Lager befand sich in einem großen Krankenhaus, das aber noch nicht vollständig fertig war.
Doch man hatte bereits Betten in die Zimmer
gestellt, um den Flüchtlingen eine Schlafstätte bieten
zu können. In einem großen Hof waren zwei Feld-
küchen aufgebaut, weil die Küche im Krankenhaus
noch nicht funktionierte. Nach langer Zeit wurden
wir wieder einmal richtig satt. Man könnte fast

sagen: So gut hat es noch nie geschmeckt! Wir schauten uns alles an und konnten vom Fenster aus sehen, wie das Essen verteilt wurde. Plötzlich rief meine Mutter: „Meine Schwester, da ist meine Schwester!" Und tatsächlich stand unten ihre sechs Jahre jüngere Schwester Maria und teilte Essen aus. Sie war vor Kriegsausbruch mit ihrem Verlobten nach Krakau gefahren und später mit dem Roten Kreuz nach Prömsel versetzt worden. Solche glücklichen Zufälle gibt es wohl sehr selten, aber nun gab es ein fröhliches Wiedersehen und ein stundenlanges Erzählen.

Hier kann ich vorgreifen: Meine Tante heiratete nach einem halben Jahr ihren Verlobten, und sie schenkte zwei Knaben das Leben. Ihr Mann musste in den Krieg, Maria und die Kinder wohnten bei ihren Eltern, meinen Großeltern, in der Nähe von Lodz. Alle Einwohner konnten rechtzeitig vor der Roten Armee fliehen. Auch ihr Mann überlebte verwundet den Krieg.

Pimpfe

Wir verließen das Rot-Kreuz-Lager nach wenigen Tagen und machten uns auf den Weg nach Krakau.

Bei unserer Ankunft fanden wir äußerlich nicht viel verändert, denn es gab keine Zerstörungen in der Stadt. Aber man sah sehr oft deutsche Soldaten und Autos in den Straßen. Die Polen waren natürlich sehr bedrückt. Wir beantragten bei den deutschen Behörden die deutsche Staatsbürgerschaft. Wir wurden aber als Volksdeutsche eingestuft, waren also Deutsche zweiter Klasse. Dies machte sich bei den Lebensmittelkarten bemerkbar, denn wir erhielten geringere Rationen als die Reichsdeutschen – doch die Polen bekamen noch weniger.

Als ich bald darauf in einer deutschen Schule eingeschult wurde, war es für mich anfangs sehr schwer, Anschluss an den Lehrplan zu finden. Zunächst wurde noch die gotische (Kurrent-)Schrift geschrieben, und nach einem halben Jahr wurde die lateinische Schrift eingeführt. Die hatte ich schon in der polnischen Schule gelernt.

Nach weiteren sechs Monaten bekamen wir Uniformen und wurden Pimpfe. Pimpf war die Vorstufe zur Hitlerjugend. Wir waren sehr stolz, diese Uniformen tragen zu dürfen, denn wir wussten ja nicht, dass die NS-Regierung sich zu einer grausamen Diktatur entwickelt hatte. In der Schule glorifizierte man Hitler und seine Regierung aufs Höchste. Die Verbrechen in den KZs an Juden, Zigeunern, Kommunisten, politischen Gegnern und anderen wurden erst später bekannt. Kritik an dieser Diktatur auszudrücken war lebensgefährlich.

Am Anfang stand auch mein Vater Hitler positiv gegenüber, aber er erkannte sehr schnell, dass dieses NS-Regime verbrecherisch handelte. Danach änderte er seine Einstellung und wurde zu einem heimlichen Nazigegner. Er sagte mir aber nichts über seine geänderte Einstellung. Später erklärte er mir, er hätte Angst gehabt, dass ich vielleicht unwissentlich jemandem etwas darüber sagen könnte, was zu dieser Zeit lebensgefährlich gewesen wäre. Vater wurde also zum Feind der Nazidiktatur, musste aber seine Meinung gut verbergen.

Er arbeitete als Fahrer für den Generaldirektor der *Zigaretten- & Schnaps-Monopol AG*. Diese Firma verwaltete den rationierten Verkauf dieser Produkte an die Bevölkerung in Polen. Die deutschen Einwohner erhielten natürlich eine größere Zuteilung, und der größte Teil an Zigaretten und Spirituosen wurde vermutlich nach Deutschland geliefert.

Ende 1940 wurde mein Bruder Erich geboren. Er war sehr schwach und musste die ersten zwei Monate im Krankenhaus verbringen. Meine Mutter fuhr jeden Tag in dieses Krankenhaus, um ihn zu pflegen, und innerhalb kurzer Zeit erholte er sich vollständig.

Meine Mutter war erleichtert. Vier Jahre davor hatte sie nämlich meine Schwester zur Welt gebracht, aber leider war sie bereits mit acht Monaten an einem Herzfehler gestorben. Meine Eltern waren untröstlich, vor allem meine Mutter, und auch ich denke noch heute mit Wehmut an sie.

Wir hatten auch noch Kontakte zu unseren polnischen Bekannten, obwohl das von den deutschen Behörden nicht gerne gesehen wurde. Oft sah man noch Juden mit der Davidstern-Binde am Arm, die versuchten, in der Öffentlichkeit nicht aufzufallen. Sie sahen sehr bedrückt aus.

Manchmal marschierten wir mit unserem Uniformen, auf die wir immer noch stolz waren, singend durch die Straßen, denn wir kannten ja die Wahrheit über die Nazi-Diktatur noch immer nicht, und Vater erzählte wenig. Es gab auch Angriffe von polnischen Widerstandskämpfern gegen hohe deutsche Offiziere, die meistens tödlich endeten. Daraufhin wurde wieder eine Anzahl polnischer Geißeln erschossen, sodass sich der gegenseitige Hass immer mehr steigerte. Nachdem die deutsche Wehrmacht im Winter 1943 in Stalingrad eine große Niederlage erlitten hatte, wurde der polnische Widerstand immer stärker, und es wurde immer gefährlicher, bei Dunkelheit als Deutscher erkannt zu werden. Glücklicherweise blieben wir wenigstens von Bombenangriffen verschont. Vater fuhr oft mit seinem Chef nach Deutschland und erzählte nach seiner Rückkehr von den fürchterlich zerstörten Städten, die er dort gesehen hatte.

Wanzen

Das Kriegsgeschehen verlief immer mehr zum Nachteil der Achsenmächte Deutschland, Italien und Japan. In der Schule gab es nur noch Lehrerinnen oder pensionierte männliche Lehrer. In der Schule, in die ich damals ging, hatte einer dieser pensionierten Lehrer zwei verschiedene Jahrgänge zu unterrichten. Die Resultate waren dementsprechend sehr dürftig.

Ältere Männer wurden als wehrfähig erklärt und nach kurzer Ausbildung an die Front geschickt, wo sie hauptsächlich als Kanonenfutter dienten. Mein Vater hatte Glück, weil seine Tätigkeit als Fahrer des Generaldirektors seiner Firma als kriegswichtig galt, so dass er vorläufig nicht eingezogen wurde.

Doch bald wurde die Anweisung erteilt, dass Deutschstämmige das Land zu verlassen hätten. Mein Vater sollte vorerst in Krakau bleiben, der Rest der Familie musste dem Befehl Folge leisten.

Die zur Wohnungsaufgabe Verpflichteten konnten ihr Ziel innerhalb Deutschlands selbst bestimmen. Da unsere Urahnen Österreicher waren, entschieden sich meine Eltern für Österreich – auch in der Hoffnung, dass dieses Land nach Kriegsende nicht so hart wie Deutschland behandelt werden würde. Dies hat sich später teilweise bestätigt, obwohl es auch für Österreich schlimm genug war.

Wir packten also in unsere Koffer, so viel wir tragen konnten, und machten uns auf den Weg. Da meine Mutter meinen inzwischen vier Jahre alten Bruder an der Hand führen musste, konnte sie nur einen Koffer tragen. Ich war damals dreizehn und konnte schon die anderen zwei Koffer übernehmen, obwohl sie sehr schwer waren. Als wir am Bahnhof ankamen, waren die Warteräume gedrängt voll von Menschen, die alle schnell nach Westen fahren wollten.

„Das fängt ja gut an", sagte meine Mutter.

Und es ging auch so weiter, denn wir bekamen keinen Platz mehr in dem gewünschten Zug und mussten auf zusammengestellten Stühlen in einem Warteraum übernachten.

Ganz zerschlagen machten wir uns am nächsten Tag auf die Suche nach unserem Zug, so wie viele andere Menschen. Daher herrschte auf den Bahnsteigen ein großes Chaos, und es war niemand zu sehen, der uns Auskunft geben konnte. Als wir dann schließlich den richtigen Zug fanden, gab es keine Sitzplätze mehr. Nur weil mein kleiner Bruder mit uns reiste, verschaffte uns der Zugführer doch noch Plätze. Endlich setzte sich der Zug in Bewegung, aber es ging nur sehr langsam vorwärts: Entweder hatte gerade ein Militärzug Vorrang oder aber die Gleise waren durch Partisanen beschädigt worden.

Auf der weiteren Fahrt durch das damalige Reichsgebiet sahen wir viel Verwüstung. Fast jeder Bahnhof war ganz oder teilweise zerstört. Durch die notdürftig instand gesetzten Stationen konnte man nur ganz langsam hindurchfahren. Schließlich blieb der Zug stehen. Der nächste Bahnhof vor uns, etwa einhundert Kilometer vor Wien, und die nahe Stadt waren durch Bomben total zerstört worden. Der Transportführer teilte uns mit, der einzige Platz, an dem wir eine vorübergehende Aufnahme finden könnten, sei ein in der Nähe gelegenes Konzentrationslager. Etwas später fuhren mehrere Militärlastwagen vor und transportierten uns zusammen mit etwa 500 anderen Flüchtlingen in dieses Lager. Als wir dort ankamen, sahen wir über dem Tor in Großbuchstaben die berüchtigte Aufschrift: „ARBEIT MACHT FREI". Das Lager bot einen trostlosen Anblick.

Anschließend wurden wir in großen Baracken verteilt, und jeder konnte sich ein Bett aussuchen. In jeder Baracke befanden sich ungefähr 25 doppelstöckige Betten, ferner ein Duschraum, Waschstellen für Wäsche und ein Raum mit Toiletten. Außerdem gab es auch einen kleinen Küchenraum, wo man Essen aufwärmen und kleine Gerichte kochen konnte. Auch ein Ofen zum Heizen in der kalten Jahreszeit war vorhanden. In der Mitte der Baracke standen dann noch etwa 20 Tische samt Stühlen. All diese Einrichtungsgegenstände waren sehr primitiv, aber mehr konnte man in einem Konzentrationslager nicht erwarten.

Wir und die anderen 30 bis 40 Flüchtlinge unserer Gruppe versuchten uns nun in dieser Baracke so gut wie möglich einzurichten. Als wir aber die Schlafstellen genauer untersuchten, stellten wir mit Schrecken fest, dass es darin von Wanzen nur so wimmelte. Es war unmöglich, in einem solchen Bett zu schlafen. Da war guter Rat teuer. Schließlich beschlossen einige von uns, auf den Tischen in der Mitte der Baracke zu schlafen und richteten die Tische für diesen Zweck so gut wie möglich her. Wir füllten mehrere Blechdosen, die wir gefunden hatten, mit Wasser und stellten sie unter die Tischbeine, um zu verhindern, dass die Wanzen daran hochkrochen.

Ziemlich übermüdet legten wir uns dann nieder und schliefen schließlich mehr schlecht als recht. Als meine Mutter nach einigen Stunden aufwachte und nach meinem Bruder schaute, erschrak sie sehr, denn vor lauter Wanzen war sein Gesicht fast nicht mehr zu sehen. Und auch wir anderen waren voll von diesen gierigen Blutsaugern. Nachdem wir uns so gut es ging von dem Ungeziefer befreit hatten, war an Schlaf nicht mehr zu denken. Diese Biester ließen sich von der Decke aus auf uns herunterfallen. Danach beschwerten wir uns bei der Lagerverwaltung, und nach langem Hin und Her teilte man uns andere Baracken zu, die mit Insektiziden behandelt worden waren. Also bezogen wir die entwanzten Unterkünfte und richteten uns dort erneut ein. Es stank noch nach dem Insektenvertilgungsmittel und es gab auch noch überlebende Wanzen, sodass wir jedes Mal vor dem Schlafengehen mit Spritzen voll Insektengift auf Wanzenjagd gingen.

In einem großen Essraum gab es Frühstück. Dieses bestand aus zwei Scheiben Schwarzbrot mit etwas Margarine und Käse, manchmal einem Stück Wurst, einem kaffeeähnlichen Getränk mit Saccharin und gelegentlich Früchten, die von den Bäumen aus dem Lager stammten. Zu Mittag gab es eine dünne Nudel-, Kartoffel- oder Bohnensuppe, danach Kartoffeln oder Kartoffelpüree mit wenig Fleisch und etwas Gemüse. Das Abendessen glich ziemlich dem Frühstück. Obwohl dieses Essen insgesamt nicht gut schmeckte, galt auch hier die alte Weisheit: Hunger ist der beste Koch.

Im gleichen Raum wie wir befanden sich auch die KZ-Häftlinge, die aus verschiedenen Ländern kamen. Sie wurden aus unterschiedlichen Gründen hier festgehalten und waren zum Großteil unschuldig. Neben den jüdischen gab es noch politische Häftlinge und auch echte Verbrecher. Zur Kennzeichnung trugen die Juden an ihren gestreiften Kitteln ein gelbes Dreieck, die „Politischen" hatten ein rotes und die „Kriminellen" ein dunkelblaues Dreieck.

Als meine Mutter einmal Zahnschmerzen bekam, erfuhr sie nach längerem Herumfragen, dass es im Lager eine Praxis gab, in der ein jüdischer Zahnarzt Patienten behandelte. Meine Mutter suchte ihn auf und war nach dem zweiten Besuch schmerzfrei. Der freundliche Arzt erzählte meiner Mutter in einem längeren Gespräch, dass er und seine Frau schon seit zwei Jahren in diesem Lager festgehalten würden. Er erzählte ihr über den allgemeinen Tagesablauf im Lager: „Das Essen reicht gerade zum Überleben. Die Wanzen sind eine große Plage, und es ist ein täglicher Kampf mit den Handspritzen, die das Lager zur Verfügung stellt. Die Behandlung durch die Wachen ist manchmal hart."

Nach Schätzung des Arztes befanden sich in diesem Lager zehn- bis zwanzigtausend Häftlinge. Abschließend meinte er: „Ein hartes Schicksal und eine ungewisse Zukunft." Damals wussten wir noch nicht, welche Grausamkeiten in manchen KZ-Lagern geschahen.

Ich durchstreifte oft mit meinem Freund Hans, den ich schon aus Krakau kannte, das Lager. Es gab ein großes Gebäude für die Lagerverwaltung und ein Nebengebäude mit den Aufenthalts- und Schlafräumen für die Wachen. Es gab große Baracken für die Bewachung, für Wäschereien und andere für Schneidereien, darüber hinaus Wirtschaftsblöcke, die als Lebensmittellager dienten. Auch ein Krankenhaus war vorhanden.

Wir haben keine Vergasungsanlage oder Ähnliches gesehen. Wie man nach Kriegsende erfuhr, wurden solche Anlagen erst später und auch nicht in jedem Lager errichtet.

Die Zeit verging, und wir kamen aus diesem Lager nicht heraus. Wir fühlten uns beinahe schon wie Strafgefangene, weil wir fast so behandelt wurden wie alle anderen Häftlinge. Auf unsere Frage, wann wir dieses Lager endlich verlassen könnten, sagte uns die Lagerverwaltung zu, dass wir innerhalb der nächsten Woche abgeholt und zu unserem nächsten Ziel gebracht werden würden. Wo dieses sein sollte, wussten wir noch nicht. Nach etwa zwei Wochen kamen endlich zwei Lastwagen und brachten uns zu einem kleinen Bahnhof, wo wir in einen Zug einsteigen konnten, der nach Wien fuhr. Warum wir von dem zerstörten Bahnhof, von welchem aus wir nicht weiterfahren konnten, nicht gleich mit den Lastwagen zur übernächsten Station gefahren wurden, ist mir bis heute noch nicht klar. Der Grund dafür dürfte wohl das hektische Durcheinander gewesen sein, das durch den Kriegszustand verursacht wurde. Insgesamt verbrachten wir ungefähr zehn Wochen in diesem Konzentrationslager.

Kloster

In Wien wurden wir vom Roten Kreuz empfangen, verpflegt und anschließend mit etwa 150 anderen Flüchtlingen per Bahn nach Retz befördert, wo wir schon erwartet wurden. Danach fuhren wir zu unseren Unterkünften in einem alten, unbewohnten Dominikanerkloster. Nach einer drei Wochen langen Reise waren wir Mitte Oktober endlich an unserem vorläufigen Ziel angekommen. Das 700 Jahre alte Kloster hatte einen großen Obstgarten und eine eigene Kirche. Außerhalb der Kirche war die ganze Anlage mit einer starken Festungsmauer umgeben. Im Kloster gab es ungefähr 100 kleine Zellen, in denen die Mönche gelebt hatten. Uns wurde eine Zelle zugewiesen, die wir mit einer Frau und ihrem Sohn teilten. Diese Familie kannten wir schon aus Mariahilf und auch aus Krakau. Wir pflegten mit ihnen eine freundschaftliche Beziehung.

Das Kloster hatte einen großen Speisesaal, eine Küche, Lagerräume, Wäschereien, Toiletten, Waschräume und alles Nötige für 200 bis 300 Bewohner. Die Wände waren ein bis zwei Meter dick, und alle Fenster waren sehr klein. Zuerst bekamen wir ein richtiges Mittagessen, das wir nach wochenlanger ungenügender und unregelmäßiger

Ernährung wie ein Festessen genossen. Danach richteten wir uns in unserer Zelle so gut wie möglich ein. Es standen zwei Doppelstock-Betten, ein Kinderbett für meinen kleinen Bruder samt Bettwäsche, zwei Kleiderschränke und ein Tisch mit zwei Stühlen zur Verfügung. Trotz der Enge dieser Zelle fühlten wir uns, nach allem was hinter uns lag, fast wie in einem Luxushotel.

Dann wurden alle schulpflichtigen Kinder in einer nahen Schule eingeschult. Die Lehrkräfte waren Frauen und Männer im Pensionsalter. Ich kam in eine Klasse, in der ein Lehrer gleichzeitig vier Jahrgänge zu betreuen hatte. Deshalb war der Unterricht sehr unausgewogen und von bescheidenem Erfolg gekrönt, aber immerhin besser als überhaupt keiner.

In der Freizeit spielten wir oft im großen Klosterhof mit anderen Flüchtlingskindern verschiedene Spiele. Retz ist eine sehr schöne Kleinstadt. Wir bummelten oft durch ihre Straßen, und wenn es heiß war, besuchten wir das öffentliche Schwimmbad. Wir wanderten auch ab und zu durch die hübsche Umgebung, durch die Weinberge, die Wiesen und die Felder.

Sirenengeheul

Meine Mutter kannte in Krakau eine Wiener Familie, die wegen der Kriegsereignisse wieder nach Wien zurückgekehrt war. Nachdem Mutter ihnen mitgeteilt hatte, dass wir jetzt in Retz lebten, luden sie uns zu einem Besuch nach Wien ein. Auf der Bahnfahrt nach Wien begleitete ich meine Mutter, während mein Bruder Erich bei der Familie blieb, die mit uns im gleichen Raum wohnte. Nach 90 Minuten Fahrt hatte der Zug Wien erreicht. Da wir uns in dieser Großstadt nicht auskannten, nahmen wir uns eines der wenigen Taxis, die es damals noch gab. Der Fahrer erzählte, dass es in letzter Zeit immer öfter Bombenangriffe der alliierten Luftwaffe auf Wohngebiete gäbe. Dies versetzte uns in Angst und wir hofften, dass es an diesem Tag keine geben würde.

Die Familie, die wir besuchten, empfing uns sehr freundlich, und es folgte ein stundenlanges Erzählen von den Erlebnissen auf beiden Seiten. Die Sorge, was die Zukunft noch bringen würde, legte einen Schatten über das Beisammensein. Als wir nach dem Mittagessen gerade bei Ersatzkaffee und Kuchen saßen, ertönte ein ohrenbetäubendes Sirenengeheul: das bedeutete Fliegeralarm. Die Hausbewohner nahmen ihre vorbereiteten Koffer, und wir hasteten mit ihnen vom dritten Stock in die Keller, die sich schnell mit Schutzsuchenden füllten. Es herrschte eine gedrückte Stimmung, mehrere kleine Kinder weinten, und einige ältere Menschen beteten. Man hörte Explosionen aus der näheren Umgebung und auch viele Schüsse der *Flak*[5], aber gegen die große Zahl der amerikanischen Bomber konnte sie nicht viel ausrichten.

Die Engländer flogen ihre Angriffe nachts. Immer lauter hörte man die nahen Bombeneinschläge, der Keller füllte sich mit Staub, die Notbeleuchtung fiel aus, und dann erfolgten mehrere ohrenbetäubende Explosionen: das Haus unserer Gastgeber erhielt einige Volltreffer. Man hörte verzweifelte Schreie, Stöhnen und weinende Kinder. Es herrschte totale Finsternis, nur an einem Kellerfenster konnte man zwischen Schutt und Trümmern einen kleinen Lichtstrahl sehen. Mit Taschenlampen ausgerüstet, wollten wir einen Weg nach draußen finden, aber ohne Erfolg. Dann versuchten wir mit Werkzeugen, die im Keller für einen solchen Notfall aufbewahrt wurden, einen Ausgang zu graben, aber auch das misslang. Erst nach mehreren Stunden konnten wir durch

---

5 Fliegerabwehrkanone.

die Feuerwehr und freiwillige Helfer aus den Trümmern befreit werden.

Was uns draußen erwartete, war so grauenvoll und fürchterlich, dass ich heute noch manchmal Alpträume davon habe. Schräg gegenüber von dem Haus der befreundeten Familie befand sich ein Kindergarten, in dem ungefähr 250 bis 300 Kinder betreut wurden. Ihre Mütter mussten arbeiten, da die meisten Männer an der Front waren. Dieses Gebäude war durch mehrere Bomben total zerstört worden. Die Rettungsmannschaften waren noch dabei, die toten Kinder aus den Trümmern zu graben und sie reihenweise auf den Gehsteig zu legen. Die Szene war grauenhaft: Hunderte von Frauen und Verwandten suchten unter den toten Kindern ihre eigenen. Ihre Verzweiflung drückte sich in unaufhörlichem Weinen und Schreien aus. Ein Anblick, der mir bis heute unvergesslich geblieben ist.

Unsere Bekannten wurden von einer Hilfsorganisation vorläufig in eine Notunterkunft eingewiesen. Wir haben auch nach dem Krieg keine Nachricht mehr von ihnen bekommen. Zum Bahnhof mussten wir zu Fuß gehen, denn der innerstädtische öffentliche Verkehr fiel aus. Erst nach mehr als zwei Stunden gelangten wir auf Umwegen zum Bahnhof. Über der Großstadt hingen noch dichte Staub- und

Rauchwolken, und in vielen Straßen lagen Schutt und Trümmer von zerstörten Häusern. Sehr spät erreichten wir dann noch einen Zug nach Retz.

Auf der Rückfahrt sprachen Mutter und ich über die erst kurz zurückliegenden schrecklichen Erlebnisse in Wien. Wir dachten auch an die armen, unschuldigen Menschen, für die es kein Entrinnen vor den Bombenangriffen gab, die noch folgen würden und die fast nie die Schuldigen, sondern fast ausschließlich Kinder, Frauen und ältere Menschen trafen. Sie konnten dieser Hölle nicht entfliehen. Für sie gab es keine Rettung.

Güterwaggon

Wieder in Retz, wurde die Stimmung unter den Flüchtlingen immer gedrückter. Die Anzahl der Bewohner des Klosters vergrößerte sich durch Neuzugänge, die gerade noch vor den Sowjets flüchten konnten. Sie erzählten uns Grauenhaftes darüber, was den Menschen geschehen war, die in sowjetische Gewalt fielen: Plünderungen, Brandschatzung, Massenvergewaltigungen an Frauen und Mädchen, oft auch Folter mit Todesfolgen. Nachdem wir dies alles gehört hatten, wurde unsere Angst immer größer. Auch die Einwohner von Retz und die größten Gegner der Nazidiktatur bekamen es mit der Angst zu tun. Aber es gab fast keine Möglichkeit mehr, diesem Unheil zu entfliehen.

Oft sahen wir unzählige Bomber in Richtung Wien fliegen, hörten die wummernden Explosionen der abgeworfenen Bomben und bemerkten auch die dichten Rauchwolken über der Großstadt. Ein paar Mal sahen wir, dass einige der Bomber beim Rückflug eine Rauchfahne hinter sich herzogen und mehrere in der Nähe von Retz abstürzten. Große Trauer empfand ich bei diesem Anblick nicht.

Der kleine Bahnhof von Retz und die nähere Umgebung wurden öfter von Tieffliegern angegriffen. Es gab mehrere Tote, darunter ein Lokomotivführer und sein Heizer. Weihnachten 1944, das waren angsterfüllte Feiertage mit großer Sorge um die Zukunft. Der Lagerleiter, ein verwundeter Offizier und Nazigegner, organisierte ein gutes Essen, und für die Kinder gab es kleine Geschenke. Unser Vater stand mit Mutter in Briefverbindung. Er schrieb unter anderem, dass er einen Einberufungsbefehl zur Wehrmacht erhalten hatte. Da er aber zuvor einen Unfall hatte und dadurch eine starke Muskelzerrung erlitt, wurde die Einberufung zurückgestellt. Später erzählte er uns, dass er den

46

Unfall selbst verursacht und dadurch wahrscheinlich sein Leben gerettet hatte.

Unsere Schulbesuche wurden immer unregelmäßiger, und manchmal mussten wir beim Graben von Panzersperren mithelfen. Aber da wir nicht sehr viel ausrichten konnten, wurde auf unsere Hilfe bald verzichtet. Anfang März 1945 teilte mein Vater meiner Mutter brieflich mit, dass Mitte März ein Gütertransport, bestehend aus zwei Güterwaggons, von Krakau über Retz nach Piesendorf in Salzburg fahren würde. Die beiden Transportleiter seien informiert, und wir könnten in Retz zusteigen. Dies gab uns Hoffnung, dass wir nicht in die Hände der vordringenden Sowjetarmee fallen würden.

In ihrer Freude darüber erzählte meine Mutter dies den Familien, mit denen wir uns angefreundet hatten. Sie wollten natürlich alle mit, und meine Mutter versprach, alles zu tun, um das zu ermöglichen. Es waren ungefähr fünfzehn Frauen mit Kindern und Jugendlichen, die sich uns anschließen wollten. Mutter bat den Bahnhofsvorsteher, uns sofort zu benachrichtigen, sobald der Transport in Retz ankommen würde. Unser Gepäck hatten wir schon vorbereitet, und wir warteten fieberhaft auf das Eintreffen der beiden Waggons. Inzwischen hatte sich die Lage der deutschen Wehrmacht immer rascher verschlechtert, sodass die Rote Armee bereits Wien als ihr nächstes Angriffsziel ins Auge fasste. Endlich kam die Nachricht, dass der lang ersehnte Transport in Retz eingetroffen war. Wir eilten zum Bahnhof, wo uns die beiden Transportführer erwarteten. An ihrer braunen Uniform waren sie als Parteimitglieder erkennbar. Es entspann sich eine lange und heftige Diskussion, weil sie die anderen Familien auf keinen Fall mitreisen lassen wollten. Aber schließlich setzte sich meine Mutter durch, und so durften auch alle anderen Flüchtlinge in einen Waggon einsteigen. Da einige sehr schöne Mädchen dabei waren, ist es denkbar, dass dies zur Meinungsänderung der Transportführer beitrug.

Der Güterwaggon, dem wir zugeteilt wurden, war vollgepackt mit Zigaretten, und wir mussten zunächst einmal diese Ware so stapeln, dass Platz für die 30 bis 35 neuen Passagiere geschaffen wurde. Die vorhandenen Liegeplätze reichten nicht für alle aus; so wurde in der Nacht abgewechselt, damit alle einmal schlafen konnten. Auch der Tag wurde deshalb zum Schlafen genutzt. Einige der hübschen Mädchen bekamen einen Schlafplatz im zweiten, mit Schnaps beladenen Waggon, der von den beiden Transportführern freundlicherweise ganz „uneigennützig" angeboten wurde.

Wie wir später von Vater erfuhren, wurde dieser Transport von einigen höheren Angestellten seiner Arbeitgeberfirma organisiert, mit der Absicht, sich nach dem Krieg in den Besitz der Ware zu bringen. Soviel wir erfuhren, gelang ihnen das nicht vollständig, denn ein großer Teil dieser Ladung wurde von der österreichischen Polizei beschlagnahmt.

Wir Jugendlichen wurden bei der Zuteilung der Liegeplätze bevorzugt und bekamen einen Schlafplatz zusammen mit gleichaltrigen Mädchen ganz oben auf den Zigarettenkisten. So kam es zu einem näheren, körperlichen Kontakt mit den Mädchen. Obwohl es nicht bis zum Letzten kam, blieb mir doch diese schöne Erinnerung bis heute erhalten. Während der restlichen Reise hatten wir nichts dagegen, früh schlafenzugehen.

Am 12. März, einen Monat vor meinem 14. Geburtstag, wurden wir an einen Güterzug angehängt, der über die Tschechoslowakei in Richtung Westen fuhr. Wegen der Kriegsereignisse war es nicht mehr möglich, die kürzere Strecke über Wien zu benutzen, und deshalb fuhren wir manchmal über Nebenstrecken ins südliche Österreich. Von Fall zu Fall wurden unsere Waggons auf einem Bahnhof an einen anderen Zug angehängt. Einige Male wurden wir von Tieffliegern angegriffen, und wir stürzten uns voller Panik in die Felder, um uns im Korn oder, wenn möglich, in einem Wald zu verstecken, denn die Flieger schossen auf alles, was sich bewegte. Einmal wurde die Lokomotive zerstört, sodass der Lokführer nur mehr tot geborgen werden konnte. Danach mussten wir drei Tage auf offener Strecke auf eine Ersatzlok warten, die uns weiterführte.

Ein anderes Mal standen wir auf einem Abstellgleis in einem Waldstück. Die Gleise und eine Brücke, die vor uns lag, waren nicht benutzbar. So warteten wir in einem tschechischen Wald ängstlich auf das ungewisse Kommende. Bereits früher hatten wir aus Erzählungen von Flüchtlingen gehört, dass fast die gesamte Bevölkerung Jagd auf deutsche Einwohner machen würde, manche mit dem Ziel, so viele wie möglich zu töten. Die beiden Transportführer entledigten sich schnell ihrer braunen Uniform und versteckten sich nachts mit ihrer Damenbegleitung im Wald. Wir blieben in unserem Waggon, weil es im Wald keine Schlafmöglichkeiten gab. Wir hatten auch keine Ausrüstung, um im Freien übernachten zu können, und außerdem war es um diese Jahreszeit in der Nacht noch ziemlich kalt.

Abwechselnd blieb während der Nacht eine Person wach, um uns zu wecken, falls sie etwas Verdächtiges bemerkte. An einem Abend hörten wir leise Geräusche. Es war eine größere Gruppe von Flüchtlingen, die sich noch vor der Verfolgung der Tschechen hatte retten können. Die unglaublichen, furchtbaren Erlebnisse, die sie uns berichteten, möchte ich hier nicht wiedergeben. Sie waren zu grausam. Diese Menschen wollten über die ungefähr fünfzig Kilometer entfernte Grenze nach Bayern flüchten. Wir haben nie erfahren, ob ihnen dies gelang.

Wieder vergingen endlose drei Tage, bis uns schließlich eine Lokomotive aus unserem Waldstück herausholte und zu einem Zug brachte, der uns in Richtung Salzburg zog. Aber zunächst einmal kamen wir in Bayern an. Erschreckt mussten wir sehen, dass viele Städte und Bahnhöfe, an denen wir vorbeifuhren, weitgehend zerstört waren. Die Gleise in den Bahnhöfen waren notdürftig repariert, sodass Züge nur ganz langsam durchfahren konnten.

Kurz vor Regensburg wurden wir wieder in einem kleinen Vorstadtbahnhof angehalten. Die Stadt wurde zum wiederholten Mal von zahlreichen Bombern angegriffen. Neben uns stand ein sehr langer Lazarettzug mit hunderten schwer verwundeten Soldaten, von denen die meisten furchtbar litten. Viele Krankenschwestern vom Roten Kreuz bemühten sich, ihre Leiden zu lindern, und verteilten schmerzstillende Medikamente, Tee und Essen, wobei sie auch Trost spendeten.

Wir hörten, wie viele Landser[6] die Schwestern um Zigaretten baten, aber die Vorräte reichten nur für wenige pro Mann. Da wir aber buchstäblich auf Zigaretten lagen und viele Kartons schon beschädigt waren, schlug meine Mutter den anderen Frauen vor, Teile dieser Ware an die verwundeten Soldaten zu verteilen. Damit waren alle Frauen einverstanden, und so packten sie so viele Zigarettenstangen wie möglich ein und verteilten sie. Jeder Verwundete bekam mehrere Päckchen, ebenso die Sanitäter. Auch das Bahnpersonal und die Soldaten, die sich gerade auf dem Bahnhof aufhielten, wurden mit einigen Päckchen bedacht.

Die Freude der Landser war natürlich riesengroß, und sie bedankten sich viele Male. Für einige Soldaten kam diese Wohltat zu spät, denn sie starben vorher, und wir konnten sehen, wie sie auf zugedeckten Tragbahren weggebracht wurden. Als wir wieder zu unserem Zug zurückkehrten, mussten wir uns das Protestgeschrei der zwei Transportführer anhören, die wieder mit ihrer braunen Uniform bekleidet waren. Aber einige Landser, die aus der Nähe alle

---

6 Deutscher Soldat der Landstreitkräfte, Bundeswehrjargon.

Vorgänge miterlebt hatten, sagten den beiden Uniformierten klar und deutlich, was sie über die Nazidiktatur dachten und ließen ihrem aufgestauten Frust freien Lauf. Kleinmütig verdrückten sich die beiden und waren von da an nur noch in Zivilkleidung zu sehen.

Weiter ging es durch ein zerstörtes Land voller Ruinen, aber die Bombardements gingen immer noch weiter. Ab Regensburg begannen die deutschen Mitreisenden unseren Zug zu verlassen, weil sie in Deutschland bleiben wollten. Als wir endlich in Salzburg ankamen, verließen auch die Österreicher unseren Waggon. Nur die Familie Reitmayer (Mutter und Sohn Hans), die auch aus meinem Heimatort Mariahilf stammte und unser Schicksal seit der Flucht aus Krakau mit uns geteilt hatte, fuhr mit uns weiter.

Auch in Salzburg gab es viele Bombenschäden, aber nicht ganz so schwere wie in Deutschland. Wir bekamen etwas zu essen und zu trinken. Kurz soll erwähnt werden, dass unsere Verpflegung während der langen, beschwerlichen und gefährlichen Fahrt sehr dürftig gewesen war. Alle unsere Fluchtgefährten hatten zwar vorsorglich Proviant mitgenommen, doch meistens mussten wir diese Mahlzeiten kalt einnehmen. Nur bei längeren Aufenthalten konnten wir unsere Speisen an einer Art Lagerfeuer wärmen. Manchmal bekamen wir auf Bahnhöfen vom Roten Kreuz etwas zu essen.

Von Salzburg waren es nur noch neunzig Minuten Bahnfahrt bis Zell am See. Dort wurden unsere zwei Waggons zunächst einmal auf einem Seitengleis abgestellt, denn nach Piesendorf gab es nur eine Schmalspurbahn. Wir mussten zwei Tage warten, bis zwei Spezialwagen bereitgestellt wurden, auf denen unsere Waggons verladen und nach Piesendorf gebracht werden konnten. Ich schätze, dass unsere Reise von Retz nach Piesendorf gut zwanzig Tage in Anspruch genommen hat.

Zigarettenstangen

Endlich in Piesendorf angekommen, wurde uns ein Zimmer in einer großen Baracke zugeteilt, in der sich schon mehrere Flüchtlingsfamilien befanden. Da die Entfernung zum Bahnhof nur etwa dreihundert Meter betrug, konnten wir unser Gepäck leicht selbst dorthin tragen. Dabei sprachen die beiden Transportführer meinen Freund Hans und mich an und stellten uns eine gute Belohnung in Aussicht, wenn wir ihnen später ebenfalls beim Ausladen von

Gepäck aus den Waggons helfen würden. Damit waren wir einverstanden und begannen wie vereinbart um etwa 18 Uhr mit der Arbeit. Dabei war wohl einkalkuliert, dass es um diese Zeit bald dunkel werden würde. Die zwei Männer hatten in Bahnhofsnähe in einem Haus ein Zimmer und einen Lagerraum gemietet und ihr persönliches Gepäck schon hingebracht. Es handelte sich also nur um die Zigaretten und den Schnaps, von dem sie so viel wie möglich behalten wollten, und auch der Hausbesitzer bekam einen Teil davon. Hans und ich trugen die Zigaretten in großen Säcken in dieses Haus. Die beiden Männer trugen die schweren Schnapsflaschen.

Auf dem Weg zum Haus kamen wir an einem großen Gebüsch vorüber und beschlossen, jedes Mal im Vorbeigehen einige Stangen Zigaretten dort zu verstecken. Wir richteten es daher so ein, dass wir immer allein dort vorbeikamen. Nach zwei Stunden hatten wir eine große Menge Zigaretten in das Haus gebracht. Als Belohnung für unsere Arbeit bekam jeder von uns von den Transportführern lediglich zwei Stangen Zigaretten.

Unseren Müttern erzählten wir vorerst nichts von unserer Aktion. Im Dunkeln holten wir die abgezweigten Zigaretten aus dem Gebüsch und verbargen sie unter der Baracke, die auf Pfählen stand, auf den oberen Balken. Dort ließen wir sie erst einmal.

Vermutlich haben die Transportführer ihre Beute behalten, denn nach einigen Wochen sind sie sang- und klanglos verschwunden. Wir hatten also richtig gehandelt.

Inzwischen ging der Krieg immer schneller seinem Ende zu, und der Untergang des Dritten Reiches war nicht mehr aufzuhalten. Die Amerikaner warfen Flugblätter ab, auf denen zu sehen war, wie Hitler zu seinem Geburtstag einen Blumenstrauß bekam. Der Strauß bestand aus vielen Totenköpfen, von denen jeder den Namen einer zerstörten Stadt trug: Dresden, Hamburg, Berlin, München, Frankfurt und weitere. Die Nazis verteilten Flugblätter mit dem Text: „Hitler in Berlin mit der Waffe in der Hand im Kampf gegen den Bolschewismus gefallen." Natürlich war das eine große und letzte Propagandalüge.

Am 8. Mai 1945 war der Krieg mit der bedingungslosen Kapitulation der deutschen Wehrmacht zu Ende, und wir warteten ab, was nun auf uns zukommen würde. Zunächst marschierten die Amerikaner in diesen Teil Österreichs ein, und jedes kleine Dorf, auch Piesendorf, wurde besetzt. Als ich ihre Militärfahrzeuge in den Straßen sah, erinnerte ich mich an die Bomben in Wien.

Die österreichische Polizei beschlagnahmte den Rest der Ware, der noch in den zwei Waggons lag und untersuchte auch die Wohnräume unserer Baracke nach Waffen, Naziliteratur und auffälliger Ware aus den Waggons. Einige Stangen Zigaretten, welche Mutter noch besaß, wurden ihr prompt weggenommen. Mein Freund und ich waren froh, dass unsere Bestände noch gut versteckt unter der Baracke lagen, und wir lüfteten nun unseren Müttern gegenüber unser Geheimnis. Zuerst schimpften sie zwar, aber insgeheim waren sie wohl froh, denn sie erkannten, dass diese Ware uns helfen würde, die nächste Zeit besser zu überstehen. Sie war mehr wert als Geld, und man konnte sie leicht gegen Lebensmittel, Kleidung oder andere notwendige Dinge eintauschen.

Kohlen

Ende Mai kamen zwei große Lastwagen bei uns an, und einen davon fuhr mein Vater. Die Freude war groß, dass er und sein Kollege es geschafft hatten, sich in den letzten Kriegswirren von Krakau bis

Piesendorf durchzuschlagen. In dieser Zeit muss das als eine große Leistung angesehen werden.

Da unsere Familie nun nach langem Getrenntsein wieder vereint war, gab es sehr viel zu erzählen, und es dauerte mehrere Tage, bis wir uns gegenseitig das Wichtigste mitgeteilt hatten. Jeder der beiden Lastwagen, mit denen Vater und sein Kollege gekommen waren, fasste zehn Tonnen Nutzlast, und damit brachten sie Salz nach Italien, wo es damals Mangelware war. Dort konnten sie es gegen Lebensmittel eintauschen. An diesem Handel beteiligten sich auch einige Geschäftsleute aus Hallein. Das ging einige Monate gut, bis die österreichische Polizei die Lastwagen beschlagnahmte. Da war es vorbei mit den Tauschfahrten und den zusätzlichen Lebensmitteln aus Italien.

Vater fand bald eine Stelle als Fahrer eines Dienstwagens bei einem Baurat der Salzburger Landesregierung. Dort war er bis zu seiner Pensionierung 1968 tätig. Die Dienststelle des Baurats lag in Zell am See, und darum übersiedelten wir im Oktober 1945 dorthin. Wir bekamen wieder nur eine Wohnung in einer Baracke, aber dort war wenigstens eine funktionierende Heizung. In dieser Baracke gab es Büroräume, in denen Angestellte der Kommunistischen und der Sozialistischen Partei sowie der

Österreichischen Volkspartei arbeiteten. Es gab auch einen Zahnarzt, der hier seine Praxis hatte.

Da wir nur mit drei Koffern angekommen waren, fehlte uns nahezu alles Nötige für einen Haushalt. Wir hatten immer Hunger, und es war kein Trost, dass es den anderen nicht besser ging. Um die Heizkosten zu reduzieren, stimmten wir zu, die Zentralheizung für die gesamte Baracke zu betreiben.

Diese, zur damaligen Zeit moderne, Zentralheizung befand sich in einem ca. 40 Quadratmeter großen Keller. Das Heizmaterial, Kohle oder Koks, wurde durch ein breites Kellerfenster eingeführt. Der ganze Körper dieser Heizofen war aus Gusseisen gefertigt und ist mit heutigen Zentralheizungen nicht vergleichbar. Das Wasser wurde mit einer Umlaufpumpe durch diesen Heizofen geleitet und dann auf alle Heizkörper in der Baracke verteilt. Es war äußerst schwierig, diese Heizung zu bedienen. Vater und ich teilten uns diese Arbeit. An einem Tag setzte er die Heizung in Betrieb, am nächsten ich. Es war eine harte und auch schmutzige Arbeit. Damit die Angestellten um acht Uhr morgens warme Büroräume vorfinden konnten, musste man schon um fünf Uhr morgens die Heizung anwerfen, und das war nicht einfach. Bei manchmal nur fünf Grad plus im Keller musste man zuerst aus dem Heizofen die

Asche und die Restkohlen entfernen, dann leicht brennbares Material wie Papier oder ähnliches Material hineingeben, danach musste man Holz hineinwerfen und es anzünden, warten, bis es gut brannte, und zum Schluss Kohlen hineinschaufeln. Erst dann konnte man sagen: „Für den heutigen Tag habe ich es geschafft". Wenn man bedenkt, dass wir in dieser Baracke fünf Jahre lang wohnten und somit auch fünf Winter in der hier beschriebenen Form die Zentralheizung betreiben mussten, kann man sich gut vorstellen, dass dies ein langer Leidensweg war.

Da Mutter inzwischen mit den Bekannten, die in Retz geblieben waren, Briefkontakt aufnehmen konnte, erfuhren wir, dass unsere Angst vor dem Einmarsch der Sowjetarmee sehr wohl begründet gewesen war. Raub, Totschlag und Massenvergewaltigungen an Frauen und Mädchen waren lange Zeit an der Tagesordnung. Viele Frauen, die sich zu sehr gewehrt hatten, wurden erschlagen. Es gab zahlreiche Frauen, die mehrfach vergewaltigt wurden. Nicht wenige haben danach Selbstmord begangen.

Lebensmittelkarten

Zell am See ist eine schöne kleine Stadt, und bald machten wir Bekanntschaft mit mehreren Nachbarn. So lernte ich einen Lehrling einer gegenüberliegenden Bäckerei namens Walter Strasser kennen. In kurzer Zeit entwickelte sich diese Bekanntschaft zu einer guten und lang andauernden Freundschaft. Wenn er mit seinem Fahrrad Backwaren an die Kunden auslieferte, schenkte er uns jedes Mal fünf bis zehn Semmeln. Zu dieser Zeit war alles streng rationiert, und wir mussten Lebensmittelkarten verwenden. Da wir pro Tag nur 900 Kalorien zugeteilt bekamen, war uns jede zusätzliche Kalorie willkommen.

Um Lebensmittelkarten zu bekommen, musste ich fast zwei Jahre lang in Kaprun als Hilfsarbeiter arbeiten. Kaprun ist ungefähr zehn Kilometer von Zell am See entfernt. Im Sommer fuhr ich mit dem Fahrrad zur Arbeit. Hin und zurück waren es also zwanzig Kilometer pro Tag. Erst im Herbst wurde dann mit Bussen die tägliche Verbindung zwischen Kaprun und Zell am See in Betrieb genommen – für mich eine große Erleichterung. Schon bei dieser Fahrradfahrt verbrauchte ich einige hundert Kalorien und verlor zwei Stunden Zeit. Zum Essen gab es dort damals noch nichts. Ich musste also selbst meinen Proviant mitbringen. Manchmal war es ein Getränk aus schwarz getoasteten Apfelschalen, mit Saccharin gesüßt, dazu zwei Scheiben Brot, das etwas gelblich war, weil es mit Maismehl gemischt war. Oft war es so kalt, dass der Kaffee in der Flasche zu Eis wurde – erst an einem offenen Feuer wurde es wieder flüssig. Das Brot war meistens mit Schweineschmalz bestrichen, denn irgendwie musste man ja zu Kalorien kommen.

Das war eine ganz besonders harte Zeit. Die Arbeit in Kaprun war im Freien, und im Winter war es manchmal 20 Grad unter null. Lange Zeit musste ich mit einem Pickel Abfallholz zu einem Mann an einer Motorsäge schleppen, der es dann zu Brennholz verarbeitete. Einige Monate half ich einem anderen Mann, mit seinen Pferdewagen verschiedene Gegenstände auszuliefern. Dann half ich einem Vermessungsingenieur bei seiner Arbeit. Und danach arbeitete ich als Gehilfe bei einem Malermeister. Zum Abschluss meiner beruflichen „Karriere" in Kaprun hackte ich Holz für die Holzvergaserautos.

Später konnte mir Mutter durch Bekannte eine Lehrstelle in einer Autowerkstätte in Zell am See besorgen. Jetzt musste ich nicht mehr täglich nach Kaprun fahren, doch die harte Zeit hörte nicht auf.

Nicht selten musste ich fünfzig bis sechzig Stunden pro Woche arbeiten, und manchmal bekam ich sogar Ohrfeigen.

Die Besitzer der Bäckerei in Zell am See hatten, neben anderen Kindern, eine sehr schöne Tochter. Sie wurde 1947 zum schönsten Mädchen von Zell am See gewählt und war lange Zeit meine platonische Liebe. Im Sommer gingen wir oft nach der Arbeit, wenn es dunkel war, zum nahen See und schwammen nackt in dem sommerlich warmen Wasser. Ich wollte ihr gerne näherkommen, und ich glaube, sie wäre wohl nicht abgeneigt gewesen, aber ich war zu schüchtern. Und so blieb es nur beim Schwimmen.

Meine Freundesgruppe bestand aus ungefähr sechs jungen Burschen. Herausragend in dieser Gruppe war zum Beispiel Walter Schneider, er war auch von Beruf Schneidermeister. Er war in Wien geboren und ein hervorragender Gitarrenspieler, Sänger und Hobby-Unterhalter. Im Kreise unserer Gruppe sang er in Begleitung seiner Gitarre lustige Lieder und Schrammeln[7], parodierte bekannte Sänger und erzählte neue Witze. Wir verbrachten oft gemeinsam mit Freundinnen und Freunden fröhliche

---

7 Klassische Wiener Volksmusik.

Stunden. Diese Feiern haben uns wohl auch moralisch geholfen, diese schwere Not und die Hungerzeit besser zu ertragen.

Aber sonst ging es uns sehr schlecht. Uns fehlte alles, was man zum normalen Leben benötigt. Trotzdem muss ich im Rückblick bekennen, dass ich die Erinnerung an diese Zeit nicht missen möchte.

Blechkante

Nach bestandener Gesellenprüfung im Jahr 1950 besuchte ich auf Vorschlag meiner Mutter die Großeltern, die im Dorf Wahrenholz ungefähr 35 Kilometer von Wolfsburg entfernt wohnten. Auch sie und alle Einwohner von Mariahilf und von den anderen umliegenden Dörfern hatten rechtzeitig vor der Roten Armee flüchten können und fanden dort eine Behelfsunterkunft im Gemeindehaus und in anderen Häusern.

Diese Flucht gelang sehr knapp, denn mitten durch Wahrenholz zog sich der Eiserne Vorhang, der die Westzone von der Sowjetzone trennte. Da meine Großeltern auf der überstürzten Flucht vor der Sowjetarmee fast nichts mitnehmen konnten, war ihre Wohnung sehr karg ausgestattet. Aber nach dem

Krieg war man schon glücklich, wenn man überhaupt überlebt hatte. Nach einigen Tagen, die ich bei den Großeltern verbracht hatte, besuchte ich meine Tante Maria und ihre Familie. Sie lebten ungefähr fünf Kilometer von Wolfsburg entfernt. Sie bauten gerade ihr Haus, doch einige Zimmer waren schon bewohnbar.

Ich blieb dort eine Woche und lernte in dieser Zeit einen Mann kennen, der im Volkswagen-Werk arbeitete. Später sagte man mir, dass dieser Mann auch für das VW-Werk Arbeitskräfte anwarb. Eine achtbare Beschäftigung, denn die Fabrik suchte zu dieser Zeit dringend Personal. Durch Vermittlung dieses Bekannten bekam ich eine Arbeit im VW-Werk.

Etwa vier Jahre vergingen in Wolfsburg. Die Arbeit am Band war aber so monoton, dass ich einmal versuchte, mir an einer Blechkante mit der Hand eine Wunde zu schlagen. Doch die Hand machte nicht mit, sie schlug immer vorbei und berührte die Blechkante nicht.

Ich fragte den Meister meines Bereiches, welche Möglichkeiten es gäbe, eine Tätigkeit entsprechend meiner Ausbildung zu erhalten. Er schlug mir vor, mit dem Hallenleiter zu sprechen und ihm mein Problem vorzutragen.

Gesagt, getan. Und da im Werk gerade Fachkräfte für Einsätze im Ausland gesucht wurden und ich Kfz-Mechaniker war, bewarb ich mich mit Erfolg. Nach zwölf Monaten Spezialausbildung wurde ich im Mai 1955 für ein Jahr nach Dänemark vermittelt.

Dänemark ist ein sehr schönes Land, das Essen ist besonders gut, was ich nach den Nachkriegs-Hungerzeiten sehr zu schätzen wusste. Auch die Mädchen sind schön, und es war ein reizender Anblick, wenn sie auf ihren Fahrrädern mit fliegenden Röcken durch das flache Land fuhren.

2 Sonne

Der Brief

Nachdem der Vertrag in Dänemark ausge-
laufen war, wurde mir im Jahr 1956 vom
Volkswagen-Werk Mexiko als nächster
Arbeitsplatz vorgeschlagen. Ich stimmte zu und
bereitete mich auf die Reise vor. Ich musste nur
noch auf die Bewilligung der Mexikanischen Botschaft in Hamburg warten. Es vergingen Monate,
aber die Bewilligung kam nicht. Ich teilte dies der
zuständigen Stelle im VW-Werk telefonisch mit.
Daraufhin hat man mich auf eine Wartezeit von
einem weiteren Monat vertröstet. Falls ich in dieser
Zeit die Bewilligung nicht erhalten würde, könnte
ich in eine VW-Werkstatt in der Schweiz vermittelt
werden. Während dieser Zeit wurde ich als Nachwuchskraft für den Einsatz in einem VW-Werk im
Ausland ausgebildet.

Nachwuchskraft im VW-Werk in Wolfsburg

Die Zeit verging und die Bewilligung kam nicht. Nach einer nochmaligen Rücksprache mit dem zuständigen Angestellten des VW-Werkes teilte man mir mit, ich solle nun doch besser in die Schweiz reisen, man könne nicht mehr länger warten. Vom Werkstattbesitzer aus der Schweiz erhielt ich einen Brief, in dem er mir die Vorteile und die Schönheit des Landes schilderte.

Ich war begeistert! Am nächsten Tag stand ich vor der Tür und wartete auf ein Taxi. In diesem Moment kam der Briefträger und überreichte mir einen Brief von der Mexikanischen Botschaft. Ich öffnete den Brief und las, dass meine Einreise nach Mexiko bewilligt worden war.

Wenn ich einige Sekunden früher das Haus verlassen hätte, wäre mein Leben ganz anders verlaufen. Ich bin zu der Erkenntnis gekommen, dass unser Schicksal hauptsächlich vom Zufall entschieden wird. Nur das Ende ist uns schon vorherbestimmt.

Ich hätte diese Nachricht verschweigen können. Aber nein, ich rief noch einmal im VW-Werk an und teilte ihnen diese neue Sachlage mit.

Nach einem längeren Dialog teilten sie mir mit, dass sie es vorziehen würden, wenn ich nun doch nach Mexiko fliegen würde. Sie argumentierten, dass sie schon viel Zeit und Geld investiert hätten und dass in Mexiko dringend ein Fachmann für eine neue VW-Werkstatt in Torreon benötigt würde.

Also machte ich mich auf den Weg. Zuerst trat ich eine Bahnreise nach Hamburg an, um von der Mexikanischen Botschaft die Dokumente für die Einreiseerlaubnis abzuholen.

Dort wurde ich von einem Angestellten einer VW-Vertretung betreut. Dieser Mann besorgte mir eine Unterkunft, die Flugkarte, die Dokumente von der Mexikanischen Botschaft und half bei allem, was notwendig war, um nach Mexiko einreisen zu dürfen. All dies wurde vom VW-Werk bezahlt. Ich bestieg also das Flugzeug, und los ging es in das Land der Verheißung.

Lichtermeer

Es war für mich der erste Flug überhaupt und dementsprechend sehr interessant und aufregend. Es wurden damals noch Propellerflugzeuge eingesetzt, und deswegen war der Flug ziemlich laut.

Als wir uns Mexiko Stadt und der umliegenden Metropolzone näherten, breitete sich ein riesiges, unüberschaubares Lichtermeer vor uns aus. Die Stadt hatte damals ungefähr fünf Millionen Einwohner und inklusive Metropolzone weit über sieben Millionen[8]. Der Eindruck war überwältigend. Die Maschine landete, und in mir kamen unbekannte Gefühle auf. Eine neue Zeit hatte für mich begonnen.

Ich wurde von VW-Angestellten abgeholt. Am Anfang der Fahrt dachte ich, dass das Auto von einem elektrischen Motor angetrieben würde. Ich hörte kein normales Motorengeräusch. Aber dann wurde mir schnell klar, dass ich durch den Lärm des

---

8 Heute leben deutlich über 20 Millionen Menschen in Mexiko Stadt

Propellerflugzeugs etwas taube Ohren hatte. Und nach kurzer Zeit hörte ich wieder normal.

Das Land Mexiko hat die Form eines Horns. Die Mexikaner nennen es auch gerne das Horn des Überflusses. Es gibt dort alles, was ein Mensch sich wünschen kann, nur eine gute Regierung gibt es bis heute nicht. An den Küsten des pazifischen und des karibischen Meeres und am Golf von Mexiko gibt es die Strände, die weltweit zu den schönsten gehören. Das Wetter ist immer schön, und nur ganz im Norden ist es zu heiß und zu trocken.

Ich blieb einige Tage in Mexiko Stadt. Mein Betreuer regelte noch einige Angelegenheiten, dann ging es wieder mit einem Flugzeug zu meinem Reiseziel Torreon.

Zwei Töchter

Torreon ist eine Stadt mit ungefähr 300.000 Einwohnern und liegt im Norden von Mexiko. Als ich dort ankam, wurde ich von einem der mexikanischen Besitzer der VW-Vertretung empfangen. Die Verständigung war etwas mühsam – Spanisch konnte ich nicht, und mein Englisch war auch etwas dürftig – aber irgendwie konnten wir uns verständigen. Er quartierte mich vorläufig in einem Hotel ein. Es war das zweitbeste der Stadt.

Am nächsten Tag – es war Sonntag – wollte ich mir die Stadt anschauen. Ich ging also nach dem Frühstück vor das Hotel, um die nähere Umgebung zu betrachten. Vor dem Hotel lag ein großer Park mit vielen Bäumen und Blumen. Wie ich später sehen konnte, spazierten jeden Sonntag Mädchen und Burschen durch den Park: die Mädchen in eine Richtung und die Burschen in die entgegengesetzte. Es gab viele schöne Mädchen. Bei den Burschen habe ich nicht so genau hingeschaut.

Der Süden der Stadt war im Halbkreis von über 200 Meter hohen, kahlen Bergen umgeben. Der Himmel war wolkenlos, und es war sehr heiß, denn es regnete sehr selten. Ich stand also vor dem Eingang des Hotels und betrachtete aufmerksam diese für mich neue Welt. Einige der Mädchen, die am Hotel vorbeigingen, blieben interessiert vor mir stehen und begannen ein Gespräch mit mir. Da ich kein Spanisch konnte, war die Verständigung ziemlich schwierig. Aber die Mädchen waren sehr nett und geduldig. Nun, ich war 26 Jahre jung, blaue Augen, blonde Haare, nicht schlecht gewachsen – vielleicht war das der Grund. Ich erklärte ihnen, dass ich ein oder zwei Jahre in Torreon bleiben würde. Da Weihnachten kurz vor der Tür stand, luden sie mich zum Weihnachtsabend in ein Privathaus ein.

Es ist in Mexiko nicht üblich, dass man Weihnachten, wie hier bei uns, im trauten Heim alleine mit der Familie feiert. Dort werden Verwandte und Freunde eingeladen, und man feiert mit Essen, Alkohol, Musik, Tanzen und Singen. Ich war sehr glücklich darüber, dass ich zu den Einwohnern so schnell eine gute Beziehung hatte; sie hielt auch in der Zukunft.

Da ich ja nicht immer in einem Hotel wohnen konnte, suchte ich nach einer anderen, dauerhaften Unterkunft. Ich fand eine kleine Pension, bei der das Essen, das Wäsche waschen und alle anderen Leistungen, die man als Junggeselle so benötigt, inklusive waren. Die Besitzerin war eine deutsche Dame, und das war für mich sehr günstig, denn ich konnte zu dieser Zeit noch immer fast kein Wort Spanisch sprechen.

Sie war ungefähr 55 Jahre alt und hatte schon einen interessanten Lebensweg hinter sich. Sie hatte mehrere Jahre in den USA gelebt und hatte dort in einer Fabrik gearbeitet, die Stoffe für Kleider herstellte. Bei einem Unfall geriet sie mit den Haaren in eine Webmaschine, dabei verlor sie alle Haare und einen Teil ihrer Kopfhaut. Aber sie trug immer eine

Perücke, und so merkte man nicht, dass sie kahlköpfig war.

Da das Essen sehr gut schmeckte, kamen viele Deutsche und auch einige Mexikaner zum Mittagessen in diese Pension. Unter anderem schloss ich Bekanntschaft mit einem reichen deutschen Geschäftsmann, der Besitzer einer Bleimine war. Er war mit einer Mexikanerin verheiratet und hatte zwei hübsche Töchter. Er lud mich einige Male zum Mittagessen in sein Haus ein. Leider erkannte ich zu spät, welches seine Absicht war. Aber ich war in einem Zwiespalt und wusste nicht, welche von den zwei Töchtern ich bevorzugen sollte, ohne die andere zu verletzen. Und so verging eine Gelegenheit, die meinen Weg in die Zukunft ganz anders gestaltet hätte. Ob zum Guten oder Schlechten, werde ich wohl nie wissen, und vielleicht ist das auch gut so.

Am nächsten Tag begann ich meine Arbeit in der neuen Werkstatt. Ich war der Werkstattleiter, und die Beziehung zu meinen Mitarbeitern war bestens. Ich lehrte sie, die Autos zu warten und zu reparieren, und sie halfen mir beim Erlernen der spanischen Sprache. Ich muss sagen, dass sie sehr schnell lernten. In kurzer Zeit waren sie fähig, ihre Aufgaben zu meiner vollen Zufriedenheit zu verrichten. Ich habe in Torreon viele nette Bekanntschaften gemacht und kann insgesamt nur sagen, dass ich dort eine glückliche Zeit verbracht habe.

VW-Werkstatt in Torreon

Vor der Werkstatt

Mit einigen Mitarbeitern und Sekretärin

Selbst Hand anlegen

Tanzlokal

Aber nach ungefähr einem Jahr begannen die Schwierigkeiten. Die mexikanische Regierung reduzierte die Importe von Autos drastisch mit dem Ziel, die Autos in naher Zukunft in Mexiko zu montieren oder zu bauen. VW stimmte zu und baute ungefähr einhundert Kilometer von Mexiko Stadt entfernt in der Stadt Puebla eine autonome, große Autofabrik. Diese entwickelte sich in der Zukunft zu einem der erfolgreichsten Werke des VW-Konzerns.

In der Zwischenzeit gab es jedoch in Torreon nicht genügend Autos, um eine VW-Vertretung erhalten zu können, und so versuchten wir sogar, Motorräder zu verkaufen. Mein Arbeitgeber entschied sich schließlich, mich in eine VW-Vertretung nach Mexiko Stadt zu vermitteln. Ich packte also wieder meine Siebensachen und flog nach Mexiko Stadt. Dort wurden bereits viele Autos verkauft, und so bekam ich einen Zweijahresvertrag als Werkstattleiter. Ich lernte dort eine Frau kennen, die ich später auch heiraten sollte.

Sie hatte einen VW Käfer und kam als Kundin in die Werkstatt. Wir kamen ins Gespräch und waren uns sympathisch. Dabei blieb es aber nicht. Das Schicksal hat anders entschieden.

An einem Wochenende ging ich mit einigen Freunden in ein Tanzlokal namens Riviera, um dort Mädchen kennenzulernen. Es war das größte Tanzlokal von Mexiko Stadt, hatte drei Orchester und ein Fassungsvermögen von ungefähr zweitausend Tanzlustigen. In dieser ausgelassenen Menge traf ich meine Kundin aus der Werkstatt wieder. Ich tanzte mit ihr und lud sie für den Samstag zum Abendessen ein. Wir kamen uns immer näher.

Ausflug mit meiner Verlobten

Die Freundschaft verwandelte sich in Liebe, und bald darauf heirateten wir. Anschließend bauten wir mit Hilfe einer Österreichischen Firma in der Metropolzone von Mexiko Stadt, die den Namen „Satelite" trug, ein einstöckiges Haus, das wir auf 19

Jahre mit günstiger Kreditzahlung abbezahlen konnten. Nach vier Jahren vergrößerten wir das Haus und bauten noch einen zweiten Stock darauf.

Haus in Mexiko Stadt

Pyramiden

Da ich schon immer selbstständig werden wollte, verlängerte ich meinen zweijährigen Vertrag nicht.

Den ersten Versuch unternahm ich mit meinem Kollegen Michel Reno, mit dem ich bei VW zusammengearbeitet hatte. Mit ihm verband mich eine gute Freundschaft. Sein Vater war ein sehr reicher Franzose, der mit einer Mexikanerin verheiratet war. Er hatte eine große Nudelfabrik, die ihm einen guten Gewinn einbrachte.

Ich weise nur darauf hin, weil es für die folgenden Ereignisse von Bedeutung ist. Michel und ich erfuhren aus den Zeitungen, dass in den Zuckerfabriken von Veracruz solch riesige Mengen Bagasse lagern würden, dass man keinen Platz mehr hatte und nicht wusste, wohin mit diesem Abfall. Bagasse nennt man die Reste, die bei der Zuckerproduktion übrigbleiben. Wir besprachen diese Situation und hatten die Idee, dass man aus diesem Material Spanplatten pressen könnte.

Mein Freund sprach mit seinem Vater, und dieser zeigte sich interessiert und war bereit, einen Betrieb für die Produktion dieser Platten zu finanzieren.

Wir machten uns auf die Suche und fanden eine ungefähr 600 Quadratmeter große Werkhalle mit dem Vorteil, dass dort schon ein Dampfkessel installiert war. Das war sehr wichtig, denn die Stahlplatten der Presse mussten geheizt werden. Wir haben später den sehr feinen Staub, der von der Bagasse zurückblieb, in einer Spezialanlage, die ich entwickelt habe, dem Heizkessel als Brennmaterial zugeführt. Man musste zwar öfter den Kessel reinigen, aber in Summe senkte dieses Verfahren die Kosten. Die Stahlplatten wurden mit dem Dampf erhitzt, und dazwischen wurde die Bagasse, gemischt mit einem Speziallleim, „gebacken", wie man fachmännisch sagt.

Dann hatten wir noch eine große Säge mit vier Elektromotoren, die diese Platten auf eine Standardgröße zurechtsägten. Wir hatten auch ein kleines Laboratorium, in dem wir die Qualität der Fertigprodukte regelmäßig prüften, zum Beispiel auf ihre Härte, die Aufnahme von Feuchtigkeit und ihre Bruchfestigkeit.

Nach einigen Monaten erarbeiteten wir schon einen Gewinn, der mit der Zeit langsam stieg.

Doch dann gab es Probleme. Die Gewerkschaften der Zuckerfabrik in Veracruz bestanden darauf, dass die Produktion zu ihnen nach Veracruz verlegt würde. Sie hatten einen Vertrag, laut dem alle Abfälle ihrem Verwaltungsbereich zuzuordnen seien, und sie argumentierten, dass die Transportkosten sehr kostspielig seien. Denn das Material musste erst zu unserer Anlage nach Mexiko Stadt gebracht werden, und dann mussten die Lastwagen wieder leer nach Veracruz zurückfahren. Diese Argumente waren logisch, und so wurde beschlossen, die Produktion nach Veracruz zu verlegen. Das stellte mich und meine Frau aber vor ein Problem, denn wir konnten und wollten auf keinen Fall nach Veracruz ziehen.

Wir hatten ja schon ein Haus in Mexiko Stadt gebaut. Also überlegte ich weiter, wie ich einen anderen, selbstständigen Betrieb aufbauen könnte. Ich hatte einen guten Bekannten, der ein großes, leeres Gebäude in der Nähe unseres Hauses besaß. In diesen Räumen gründete ich eine Werkstatt für Autoreparaturen.

In der Straße, an der dieser Betrieb lag, gab es sehr wenig Verkehr. Es kamen zwar Kunden, aber es waren zu wenige, um mit den Einnahmen die Weiterführung der Autowerkstatt gewährleisten zu können. Was tun? Ich hatte schon seit Längerem die Idee, dass Kunststoff eine große Zukunft hätte, und das bestätigte sich mit der Zeit immer mehr. Man konnte mit diesem Material enorm viele verschiedene Produkte und Artikel herstellen. Ich entschloss mich also dazu, eine Firma zur Herstellung von Artikeln aus thermoplastischen Kunststoffen[9] zu gründen.

Ich mietete eine Fabrikshalle, kaufte zwei Kunststoff-Spritzmaschinen und alles andere, was man für

---

9 Kunststoffe, die sich in einem bestimmten Temperaturbereich (thermo-plastisch) verformen lassen. Umgangssprachlich Plastik.

solch einen Betrieb benötigt. Dann nahm ich einen kleinen Kredit auf und ging auf Kundensuche. Aller Anfang ist schwer, aber nach einigen Monaten kam ich aus den roten Zahlen, und in der Folge stieg der Nettogewinn stetig an.

An einen Kunden in den USA exportierte ich Dekorationsartikel aus Plastik. Er hieß Lucchesi, war Italoamerikaner, und hatte ein großes Geschäft in Chicago, in welchem er Dekorationen aller Art verkaufte. Das war sehr günstig, denn so konnte ich einen Teil des Erlöses gleich in einer amerikanischen Bank anlegen. In den mexikanischen Banken waren die Dollarkonten gesperrt, und man konnte nur Mexikanische Pesos zum Tageswechselkurs abheben.

Unter anderem produzierte ich dreieckige Pyramiden aus Kunststoff, mit Nummern an jeder Seite und weichen Magnetstreifen, auch aus Kunststoff, die an der Unterseite befestigt wurden. Solche gummiartigen Magnetstreifen werden normalerweise in Eisschranktüren eingebaut, um ein luftdichtes Abschließen zu erreichen.

Die Pyramiden wurden zuerst in allen VW-Werkstätten eingeführt. Sie wurden auf allen Autos, die in die Werkstatt kamen, mit den Magnetstreifen fixiert, und so konnte man von allen Seiten sehen, wo sich welches Auto befand. Dieses System wurde dann auch von allen anderen Autofabrikanten übernommen, und ich habe meine Pyramiden in ganz Mexiko an sämtliche Automarken verkauft. Das Fabrikationssystem hatte ich selbst entwickelt, aber im Laufe der Zeit gab es andere Hersteller, die dieses Produkt kopierten. Es blieb aber trotzdem ein schöner Reingewinn zurück.

Dann habe ich durch einen guten Bekannten von der Firma Cigatam erfahren, ein US-Unternehmen, das unter anderem die Zigarettenmarke Marlboro produzierte und in Mexiko Stadt eine Filiale betrieb. Sie brauchten für ihre sechs verschiedenen Zigarettenmarken eine Art Vitrine, in der ihre Produkte ausgestellt wurden, und gleichzeitig sollten sie für den Verkauf mit Zigaretten aufgefüllt werden. Wenn also der Verkäufer ein oder zwei Päckchen herausnahm, sollten die anderen Päckchen nachrutschen.

Sie gaben mir einige Zeichnungen, die zeigten, wie ihrer Vorstellung nach das fertige Produkt aussehen sollte. Ich studierte diese Zeichnungen und überlegte, wie man diesen Artikel produktionstechnisch am besten herstellen könnte.

Ich kalkulierte die Kosten für die Spritzformen, die Werkzeuge und den Kunststoff pro Einheit des Produktes, inklusive eines üblichen Gewinns, und übergab der Firma Cigatam einen Kostenvoranschlag. Dieser wurde akzeptiert.

Ein Teil des Betrags wurde mir als Vorschuss gegeben, damit ich sofort mit der Vorbereitung und danach mit der Produktion anfangen konnte, und den Rest des Gesamtbetrags deponierten sie auf einer Bank. Von dieser wurde mir das Geld nach Liefernachweis mit Rechnung auf mein Konto überwiesen. Zu dieser Zeit lagen die Zinsen bei fünf Prozent monatlich. Man wollte mit den hohen Zinsen verhindern, dass immer mehr Dollar in die USA abwanderten, und so produzierte mein Geld in der Zwischenzeit fünf Prozent Zinsen pro Monat. Insgesamt hatte ich trotz der Abwertung des Mexikanischen Pesos mehr Kaufkraft als vorher. Ich konnte dann über Umwege noch etwas Geld in meiner Bank in Chicago anlegen. Über Umwege deshalb, weil es in Mexiko verboten war, Dollar im Ausland anzulegen.

Nach der Fertigung der notwendigen Werkzeuge begannen die Vorbereitungen für die Produktion. Die Profile, die ich für die Herstellung des Produktes brauchte, lieferte mir eine Firma, welche die dafür erforderlichen Spezialmaschinen besaß. In die Profile passten innen genau die Marlboro-Zigarettenpäckchen hinein. Die Vorderseite hatte eine Öffnung, die kleiner war als die Päckchen, was verhinderte, dass sie nach vorne herausfielen. Dieses Profil wurde dann auf eine Länge von ungefähr fünfzig Zentimeter zugeschnitten und mit einem Spezialkleber zu einem Fünferpaket zusammengefügt. Dann wurden die eingespritzten Teile, auf denen der Name „CIGATAM" eingraviert war, mit dem Spezialkleber verbunden. Dieses Endprodukt wurde in der Folge an alle Zigarettentrafiken und auch an alle Geschäfte, die Marlboro-Zigaretten verkauften, verteilt. Ob es gratis oder gegen Bezahlung abgegeben wurde, weiß ich nicht. Ich habe nicht danach gefragt.

Ich hatte also für viele Monate Arbeit und dementsprechend auch einen zufriedenstellenden Gewinn. So weit, so gut. Die Geschäfte liefen. Bis die mexikanische Währung ins Bodenlose sackte; doch davon werde ich später berichten.

Kinder

1964 wurde unsere Tochter geboren. Wir tauften sie auf den Namen Rosalie, wie auch meine Mutter hieß. Im Jahre 1969 wurde unser Sohn geboren, den wir Anton getauft haben. Meine Frau und ich waren sehr glücklich über unseren Nachwuchs. Sie entwickelten sich sehr positiv und lernten sehr gut in der Schule. Später hat Rosalie ihr Grafik-Design-Studium in Mexiko absolviert, und Anton sein Studium als Diplom-Ingenieur in Maschinenbau an der Technischen Universität in Wien abgeschlossen.

Tankstelle

Wir haben fast jedes Jahr eine Urlaubsreise mit dem Auto unternommen. Sehr oft besuchten wir Acapulco und auch die anderen Strandbadeorte wie Zihuatanejo, Cuautla, Mazatlán, Cancún, Isla Mujeres und Veracruz, die uns in bester Erinnerung geblieben sind.

Mein Bruder Erich besuchte uns einige Male in Mexiko, und wir unternahmen dann oft gemeinsame Ausflüge. Ich hatte gerade einen neuen VW Käfer gekauft, als wir beschlossen, mit beiden Kindern nach Acapulco zu fahren. Wir fuhren also sehr früh los, um den Tag gut auszunutzen. Ich war der Fahrer, neben mir saß mein Bruder, und meine Frau und die Kinder teilten sich die Rückbank.

In Taxco, einer alten, sehenswerten Silberstadt, in der sogar noch einige Bergwerke in Betrieb waren, machten wir eine Jausenpause. Wir kauften einige Andenken, und weiter ging die Fahrt in Richtung Acapulco. Auf der Weiterfahrt hatte ich das Gefühl, dass der Wagen nicht mehr richtig zog. Aber da es bergab ging, fiel das nicht so auf, und wir fuhren weiter. Plötzlich hörten wir einen lauten Knall, und der Wagen fuhr wieder normal.

Doch als ich bremsen wollte, bemerkte ich zu meinem großen Schrecken, dass die Bremsen überhaupt nicht griffen. Vor uns ein großer Lastwagen, und Gegenverkehr. Was tun? Ich kam dem Lastwagen immer näher und näher. Ich tat das Einzige, was man in dieser Situation noch tun konnte: ich versuchte, mit einer Hand auf der Hupe, mich zwischen den Autos und dem Lastwagen durchzumogeln. Obwohl das Auto auf beiden Seiten beschädigt wurde, kamen wir unverletzt durch.

Wir fuhren langsam weiter und blieben dann stehen, um uns den Schaden anzusehen. Ein Bremsbelag war an der Bremstrommel hängengeblieben und hatte diese so sehr erhitzt, dass der Bremszylinder geplatzt war. Einige Autofahrer hielten an und sagten uns, dass es ein paar Kilometer weiter eine Tankstelle mit einer Werkstatt gäbe. Wir fuhren also im Schritttempo zu dieser Werkstatt, wo man uns eine Bremsanlage von einem Unfallwagen einbaute.

Diese Tankstelle hieß Sabana Blanca, was auf Deutsch „weißes Tuch" heißt. Fast hätte man uns mit einem weißen Tuch zudecken und abtransportieren können. Beinahe wäre die halbe Familie Straub ausgelöscht worden – aber das Schicksal und das Glück waren uns wohlgesonnen.

Grube

Während meiner Zeit in Mexiko bekam ich einige Male Besuch von meinen Eltern. 1965 kam meine Mutter zum ersten Mal nach Mexiko. Meine Frau und ich schickten ihr ein Flugticket per Post, damit sie ihre Schwiegertochter und ihr erstes Enkelkind, das mittlerweile sechs Monate alt war, kennenlernen konnte. Drei Jahre später besuchte uns mein Vater. Wir haben seinen dreiundsechzigsten Geburtstag nach mexikanischer Art, mit traditionellem Essen und Musik, gefeiert. Da er noch nie in seinem Leben eine richtige Geburtstagsfeier erlebt hatte, war dies für ihn ein ganz besonderes und unvergessliches Ereignis.

1971 kamen meine Eltern nun zusammen nach Mexiko. Da meine Mutter mittlerweile große Flugangst hatte und nicht noch einmal fliegen wollte,

Garten im Haus von Mexiko. Mein Vater in der Mitte, unten meine Tochter Rosalie

sind sie mit einem Schiff gereist, das gleichzeitig als Fracht- und Passagierschiff genutzt wurde. Sie kamen in Veracruz an. Wir holten sie mit einem Auto ab und brachten sie in unser Haus nach Mexiko Stadt. Wir verbrachten eine wunderschöne Zeit und zeigten ihnen die Sehenswürdigkeiten in der Stadt und der näheren Umgebung. Einmal fuhren wir mit dem Auto nach Acapulco. Wir haben fast jeden Tag im warmen Meerwasser gebadet, und sie sagten uns, dass dieser Urlaub der schönste ihres Lebens sei.

Auf meiner rechten Seite: mein Vater, meine Frau, ihre Schwes-
ter und deren Mann

Die Zeit verging schnell und es näherte sich der
Termin der planmäßigen Rückfahrt mit dem Schiff.
Meine Mutter wollte noch in einem relativ nahegelegenen, kleinen Supermarkt für die Rückfahrt etwas
einkaufen. Meine Frau fuhr sie mit unserem Auto zu
diesem Geschäft. Als sie ankamen, merkten sie, dass
dort Bauarbeiter beschäftigt waren. Man konnte aber
über Bretter in den Laden gehen. Sie gingen also
hinein, und wie es das Schicksal wollte, fiel meine
Mutter über eines der Bretter in eine eineinhalb
Meter tiefe Grube und verletzte sich dabei erheblich.
Sie hatte Verletzungen am Kopf, und die rechte

91

Meine Mutter kurz nach dem Sturz in die Grube

Hand und der rechte Fuß waren verstaucht. Sie konnte also die Reise mit dem Schiff nicht antreten. Aber die Schiffsagentur war kulant und übergab meiner Mutter einen Gutschein für eine Rückreise mit einem Flugzeug.

Doch dann präsentierte sich ein neues Problem. Meine Mutter hatte große Angst davor, allein im Flugzeug zu reisen. Wir berieten uns und kamen zu dem Entschluss, Erich zu uns einzuladen, der sie dann beim Rückflug begleiten konnte. Mutter war begeistert, und so war auch dieses Problem zur Zufriedenheit aller Beteiligten gelöst. Vater musste dringend nach Österreich zurückkehren, um dort seine Pension zu beantragen, und so legte er wie geplant mit dem Schiff von Veracruz in Richtung Europa ab. Er erzählte uns später, dass er rechtzeitig angekommen sei und so seine Pensionsansprüche gerade noch fristgerecht beantragen konnte.

Mutter blieb noch einige Wochen bei uns, bis sie sich so weit erholt hatte, dass sie ohne Beschwerden gehen konnte und in der Lage war, die Reise anzutreten. Inzwischen kam Erich bei uns an. Er blieb ungefähr eine Woche. Aber die Zeit vergeht ja so schnell, und es kam bald der traurige Tag des Abschiedes. Wir brachten beide noch zum Flugplatz und verabschiedeten uns wehmütig von Mutter und Bruder.

Während der Zeit, die wir in Mexiko verbracht haben, reisten wir ungefähr acht Mal nach Europa, um meine Eltern in Schwarzach zu besuchen. Vor allem meine Mutter und mein Vater freuten sich jedes Mal sehr über unseren Besuch, und auch wir genossen die Zeit, die wir bei ihnen verbringen konnten. Bei dieser Gelegenheit besuchten wir auch viele sehenswerte Städte und Orte in Österreich, Deutschland und andern europäischen Ländern. Ich erinnere mich zum Beispiel an die schönen Märchenschlösser Ludwigs des Zweiten und an Reisen nach Wien, Innsbruck, Berlin, Hamburg, Madrid, Barcelona, Paris, Rom und Venedig.

Sierra Madre

Mein Bruder war mit seiner Freundin Vroni Ende 1977 bei uns in Mexiko Stadt auf Besuch. Als wir noch in Zell am See wohnten, war Vroni die Tochter unserer Nachbarn, mit denen wir eine sehr freundschaftliche Beziehung unterhielten.

Eines Tages saßen wir also gemütlich im Wohnzimmer und besprachen, was wir in den kommenden zwei bis drei Wochen alles unternehmen könnten. Nach einigem Hin und Her fassten wir den Entschluss, mit unserem VW Golf über Puebla durch die Sierra Madre hinunter nach Oaxaca zu fahren. Die Sierra Madre ist auch durch das schöne Lied *Sierra Madre Del Sur* bekannt. Wenn dieses Lied bei einem Volksfest gespielt wurde, stiegen die meisten Anwesenden auf die Bänke, hielten ein Feuerzeug oder ein anderes Licht in die Höhe und sangen laut das Lied mit.

Unsere kleine Reisegruppe bildeten meine Frau Amira und ich, unsere 12-jährige Tochter Rosalie und unser Sohn Anton, damals 8 Jahre alt, und unsere Gäste, mein Bruder Erich und Vroni.

Der Präsident von Mexiko hatte in einer Ansprache an sein Volk von den großen Erfolgen seiner Regierung gesprochen und unteren anderem stolz berichtet, dass die Straße von Puebla über die Sierra Madre nach Oaxaca vollkommen fertiggestellt sei. Leider kamen wir zu spät zu der Erkenntnis, dass diese Information nicht ganz der Wahrheit entsprach, denn die Straße existierte wohl, doch sie war noch nicht befestigt. Das heißt, es gab keinen Straßenbelag wie Beton oder Teer. Es gab also nur Erde und manchmal Steine, und, wenn es regnete, viel Schlamm. Aber wir hatten Glück und es regnete nicht.

Wir fuhren sehr früh los, denn die Entfernung zwischen Mexiko Stadt und unserem Ziel Sierra Madre beträgt ungefähr 400 Kilometer. Damit uns auf dieser langen Reise nicht langweilig wurde, sangen wir, erzählten Witze und sprachen über alles Mögliche. Schließlich sahen wir schon von der Ferne diese riesige Gebirgskette vor uns auftauchen. Es ging immer steiler aufwärts, und als wir dann endlich ankamen, breitete sich vor uns eine überwältigende und unübersehbare Naturlandschaft aus. Auf der linken Seite die hochragenden Berge, auf der rechten Seite die tiefen Schluchten, die mehrere hundert Meter in die Tiefe gingen.

In einem nahe liegenden Ort machten wir Rast und aßen die ortsüblichen Gerichte. Wir können uns noch heute erinnern, dass uns diese Speisen vorzüglich geschmeckt haben. Nach dieser Stärkung und Rast machten wir uns auf zur Überquerung der Sierra Madre. Die Straße, die durch dieses Gebirge bis nach Oaxaca führt, ist 35 Kilometer lang. Schon nach den ersten Kilometern merkten wir, dass die Fahrt durch diese wuchtigen Berge schwierig und gefährlich sein würde. Ich sage absichtlich *durch* diese Berge, weil wir nicht über diese Berge, sondern in mittlerer Höhe hindurch fuhren. Es ging sehr langsam voran, denn an manchen Stellen war der Weg so schmal, dass man sich nur mit äußerster Vorsicht langsam durchschlängeln konnte. Dann kamen immer wieder Stellen, an denen ein Teil der Straße einfach abgestürzt war, und auch dort konnten wir nur vorsichtig vorbeifahren. Manchmal dachte ich schon daran, wieder umzukehren. Aber einerseits war es schwierig, einen Platz zu finden, an dem man wenden konnte, und andererseits waren wir schon eine Stunde unterwegs. Wir machten also eine Pause, um zu beraten, und mit der Mehrheit aller Mitfahrenden beschlossen wir, weiterzufahren.

Wir setzten unsere Fahrt also in ganz langsamem Tempo fort, hin und wieder kam uns ein anderes Fahrzeug entgegen. Es war dann äußerst schwierig, aneinander vorbeizukommen. Auf geraden Strecken, die es manchmal auch gab, sah man auf der Straße oft Werkzeug und andere Güter herumliegen. Sie stammten von Berufsfahrern, die oft leicht verderbliche Güter wie Obst und zuweilen auch lebende Fracht transportierten und deswegen sehr schnell fuhren.

Ich möchte hier vorgreifen und ergänzen, dass diese Straße in den nächsten Jahren vollkommen ausgebaut wurde. Sie wurde verbreitert, betoniert, und die steilen Schluchten wurden gesichert. Damit ist die abenteuerliche Piste zu einer gut befahrbaren Route geworden und wird von Touristen sehr geschätzt.

Nach ungefähr drei Stunden hatten wir die höchste Stelle der Sierra Madre erreicht, und ab da ging es nur noch abwärts zu unserem nächsten Ziel Oaxaca. Oaxaca ist gleichzeitig die Hauptstadt des Landes Oaxaca. Wir waren müde und machten uns auf die Suche nach einer Unterkunft. Wir fragten in mehreren Hotels nach, aber es waren alle besetzt. Wir suchten also weiter, und nach längerer Zeit fanden wir ein kleines Zwei-Sterne-Hotel. Es war aber nur ein Zimmer frei, und wir waren vier Erwachsene mit zwei Kindern. Aber uns blieb keine andere Wahl. Wir mussten uns mit diesem Zimmer begnügen und richteten uns so gut wie möglich ein. Da wir nach der langen Reise sehr müde waren, schliefen wir trotz der Enge des Raumes sehr gut.

Am nächsten Tag suchten wir weiter und fanden schließlich ein besseres Hotel, das noch mehrere Zimmer frei hatte. Wir blieben drei Tage in dieser Stadt und besuchten einige Sehenswürdigkeiten, wie zum Beispiel einen über zweitausend Jahre alten Sabinenbaum, den *Baum von Tule*, dem nachgesagt wird, dass er Wunder bewirken könne. Dieser Baum ist 42 Meter hoch und hat einen Umfang von 46 Metern.

Der Hauptmarkt von Oaxaca ist berühmt für seine Spezialitäten, wie schöne bunte Trachten und Schmuck für Frauen und Mädchen. Fast alle Frauen und Mädchen kleiden sich in diese schönen Trachten, und es war ein sehr ansprechendes Bild, wenn man durch die Stadt ging und die Mädchen und Frauen in diesen bunten Trachten in den Straßen flanieren sah. Die Männer sah man dagegen schlicht gekleidet und fast immer mit einem Hut durch die Straßen schlenderten.

Es gab auch die verschiedensten Gegenstände für den Haushalt, die in Handarbeit aus Holz oder einem farbigen, schönen Halbedelstein hergestellt wurden. Und es wurden auch gegrillte Heuschrecken angeboten. Ich ließ mich überreden und aß, wie alle anderen, ein paar von diesen gegrillten Insekten. Aber mir graust es noch heute, wenn ich daran denke.

Nachdem wir dies alles gesehen und vieles auch fotografiert hatten, machten wir uns auf den Weg zu unserem nächsten Ziel: Puerto Escondido. Auf Deutsch heißt das „Versteckter Hafen". Es gab dort einen schönen Badestrand, und so blieben wir drei Tage in diesem Ort, um etwas auszuruhen und den Strand und das 27 Grad warme Wasser genießen zu können.

Unser nächstes Ziel war Acapulco im Bundesland Guerrero. Wir machten dort eine kleine Pause für eine Rundfahrt durch die Stadt, aßen in einem Restaurant zu Mittag und ruhten uns für die Weiterfahrt aus. Anschließend fuhren wir durch das Bundesland Michoacán in die Landeshauptstadt Morelia. Diese Stadt ist sehr hübsch, sauber, und hat viele schöne, sehenswerte Gebäude – zum Beispiel die in der Mitte des Hauptplatzes aus speziellen, rosaroten Steinen gebaute Kathedrale, die von fast allen Touristen besichtigt wurde, denn auch der Innenraum ist prächtig und wunderschön. Wir fanden ein schönes 5-Sterne-Hotel mit gutem Essen und einer erstklassigen Bedienung. Um diese Stadt richtig besichtigen zu können, blieben wir weitere drei Tage dort.

Danach fuhren wir nach Guanajuato. Der Charme dieser Stadt liegt in der lebendigen Mischung aus indianischen Traditionen und kolonialer Pracht. Die Stadt ist auch bekannt durch ihre Estudiantina, eine Gruppe von Studenten, die sehr schöne Lieder mit Gitarrenbegleitung auf ihre typische Art sangen. Wir besichtigten die schöne, große Kathedrale, dann die Kirche Santo Domingo, eine der prächtigsten Klosteranlagen aus der Kolonialzeit.

Und es gibt noch etwas Bemerkenswertes in dieser Stadt: die Erde hat hier eine Eigenschaft, die bewirkt, dass die Toten nicht verwesen, sondern sich mumifizieren. Es gibt dort sogar ein kleines Museum, in dem mehrere solcher Mumien ausgestellt sind. Wir haben es besichtigt und fanden die Mumien gar nicht so erschreckend, wie es sonst bei normalen Toten der Fall ist.

Um dies alles besichtigen zu können blieben wir wiederum drei Tage in einem schönen Hotel. Schon das war eine Pracht. Es war als altertümliches Schloss gestaltet, und auch die Innenausstattung war dem angepasst. Aber auch diese Tage vergingen sehr schnell, und so machten wir uns auf den Rückweg nach Mexiko Stadt.

Abschließend möchte ich noch hinzufügen: Diese große Rundreise durch halb Mexiko war wunderschön, und alle Beteiligten waren begeistert. Wir sprachen alle noch viele Tage über die Einzelheiten dieser Reise. Denn, wie ein spanischer Spruch sagt: *Recordar es vivir*, zu Deutsch: „Erinnern ist leben". Es soll nicht unerwähnt bleiben, dass unsere zwei Kinder sich während dieser ganzen langen, fast dreiwöchigen Reise, die manchmal langweilig war, vorbildlich verhalten haben.

Flüssiges Plastik

Ich hatte in meiner Fabrik mittlerweile drei Kunststoffeinspritzmaschinen, mit denen wir verschiedene Artikel produzierten. Dafür hatten wir ungefähr 50 Spritzgussformen. Als wir eines Tages eine dieser Formen auswechselten, half ich meinen Arbeitern dabei. Doch als wir den Spritzgusszylinder mit großem hydraulischem Druck entleeren wollten, weil wir auch noch den Kunststofftyp wechseln wollten, schoss plötzlich ein Strahl aus flüssigem Plastik, der über hundert Grad Celsius heiß war, daraus hervor.

Da ich ganz in der Nähe stand, traf mich ein Teil dieses heißen Materials am linken Unterarm. Ich empfand sofort einen sehr starken Schmerz, denn der heiße Kunststoff blieb an der Haut kleben. Ich war verzweifelt und wusste nicht was geschehen würde. Aber meine Sekretärin, die einige Zeit in einem Krankenhaus gearbeitet hatte, kam mir zu Hilfe. Sie besorgte sofort einen Eimer mit kaltem Wasser, in das ich meinen verbrannten Arm hinein-halten musste. Das linderte zunächst einmal die star-ken Schmerzen. Danach schickte sie einen der Arbeiter in eine nahe Apotheke, um dort eine Brand-salbe zu kaufen.

Nachdem sie mich so verarztet hatte, fühlte ich mich schon etwas besser. Ich fuhr aber trotzdem, wenn auch etwas behindert, mit dem Auto zu mei-nem Hausarzt. Der untersuchte mich zuerst einmal gründlich und stellte fest, dass die erste Hilfe meiner Sekretärin einwandfrei war und so schlimmere Fol-gen verhindert hatte. Jetzt erinnern mich nur noch leichte Narben an diesen Unfall.

Bauchschmerzen

In meiner Fabrik arbeiteten je nach Auftragslage zwischen zehn und fünfzehn Arbeiter. Sabino, einer meiner Vorarbeiter, hatte mehrere Kinder, darunter einen ungefähr 16-jährigen Sohn. Eines Tages bekam er starke Bauchschmerzen. Da diese Schmerzen immer stärker wurden, wurde er in eine Klinik eingewiesen. In dieser Klinik arbeitete die Mutter des Buben. Es wurde aber nicht rechtzeitig erkannt, dass er einen Blinddarmdurchbruch hatte. Wegen dieser Fehldiagnose musste er sterben. Natürlich war das eine große Tragödie für seine Familie. In Mexiko werden alle Krankenhäuser von der Regierung verwaltet, und da kommen solche Fehler schon öfter vor. Dieses Ereignis hat unser Vertrauen in das Gesundheitssystem des Landes negativ beeinflusst.

Pesos

Zunächst verlief das Leben in Mexiko gut. Aber dann kam die große Abwertung des Mexikanischen Pesos. Kostete ein US-Dollar am Anfang noch etwa zwölf Pesos, so musste man nach einigen Monaten für einen Dollar bereits über zwanzig Pesos zahlen. Es gab eine Zeit, in der der Peso jeden Tag ein halbes bis ein Prozent an Wert verlor. Die Supermärkte waren mit großen Plakaten bepflastert: „Aktion heute – Preise von gestern!" Nach ca. 20 Jahren kostete ein Dollar fast dreieinhalbtausend Pesos. Im Jahr 1994 druckte man den „Neuen Peso" mit dem tausendfachen Wert, um drei Nullen streichen zu können.

So ging ein großer Teil meines Erlöses aus 35 Jahren Arbeit verloren. Nur durch den Verkauf des Hauses, das aber durch die Abwertung des Pesos auch viel an Wert verloren hatte, und mit Hilfe des Kontos in den USA konnten wir einen Teil des Kapitals retten. Die soziale Lage verschärfte sich drastisch, es gab viele Entführungen mit nachfolgenden Erpressungen. Ein Problem, das bis zum heutigen Tag weiterhin besteht und teilweise noch schlimmer geworden ist.

Ich wurde selbst Opfer zweier Überfälle. Einmal war ich gerade in meiner Fabrik. Da stürmten drei maskierte Männer herein, fuchtelten mit Messern herum und verlangten Geld und andere Wertsachen. Aber da wir kein Geld in der Fabrik aufbewahrt hatten, mussten sie unverrichteter Dinge wieder abziehen. Ein anderes Mal wurde ich auf der Straße überfallen. Ein Auto blieb neben mir stehen, dann sprangen drei Männer heraus, bedrohten mich mit einem

Messer und verlangten Geld. Ich hatte aber wenig Geld bei mir, und so war der Verlust gering. Auch unser Sohn wurde einmal in der Nähe unseres Hauses angegriffen. Da er ebenfalls wenig Geld bei sich hatte, haben die fünf oder sechs Jugendlichen ihn geschlagen und ihm die Uhr von seinem Handgelenk gerissen. Er hatte glücklicherweise keine großen Verletzungen davongetragen, aber allein die Tatsache, geschlagen worden zu sein, traf ihn sehr hart.

Die Abwertung der mexikanischen Währung setzte sich weiter fort, und es wurde immer gefährlicher. Wenn man bedenkt, dass in Mexiko der Mindestlohn pro Tag bei zwei bis vier Dollar liegt, braucht man sich über die desolaten Zustände in diesem Land nicht wundern.

Meine Frau, obwohl Mexikanerin, drang darauf, Mexiko für immer zu verlassen und nach Österreich „auszuwandern". Da ich ja Österreicher bin, war es für mich nur eine Art Rückwanderung.

Ich war einverstanden, und es war, wie sich im Laufe der Zeit herausstellte, eine der besten Entscheidungen, die wir jemals getroffen hatten.

Rückkehr

Unsere Tochter hatte in Mexiko bereits ihr Examen als Grafik-Designerin absolviert. Danach hat sie drei Jahre in New York mit ihrem Mann verbracht. Seitdem leben beide in Wien, zusammen mit einer heute elfjährigen Tochter und siebenjährigen Zwillingsbuben. Unser Sohn hat in Wien sein Examen als Diplom-Ingenieur in Maschinenbau absolviert und arbeitet heute in einem Hubschrauberunternehmen in München.

Da ich vorsorglich auch in Mexiko für eine Pension in Österreich eingezahlt hatte, bekomme ich nun hier eine Pension. Mit diesem Betrag kommen wir gut durchs Leben. Mit dem Geld, das wir noch aus Mexiko retten konnten, bauten wir auf einem der zwei Baugründe, die ich von meinen Eltern geerbt habe, in Schwarzach ein Haus.

Den anderen Baugrund haben wir einem Nachbarn verkauft, und so haben wir auf unseren Sparbüchern eine schöne Summe als Reserve für besondere Ausgaben, wie Städtereisen, Schiffsrundreisen oder Reisen in den Süden, wo es schöne Sandstrände mit warmem Wasser gibt.

Aussicht vom Haus in Schwarzach

Wir leben nun schon seit 1992 in Schwarzach im Pongau. Ich habe nun viel Zeit, um mich meinen Hobbys zu widmen, zum Beispiel den Garten zu pflegen, alle zwei bis drei Jahre das Haus anzustreichen. Ich surfe im Internet, spiele Musik auf dem Keyboard, trainiere an Heimsportgeräten und kann vieles andere unternehmen. Unser Haus liegt hoch oben an einem Berghang und hat nach drei Seiten hin eine wunderbare Aussicht. Wir können die Skifahrer auf den Pisten sehen, wie sie den Hang hinunterfahren oder manchmal auch hinunterpurzeln, den Stausee eines Wasserkraftwerkes, die Eisenbahn, die uns gegenüber auf der anderen Seite des Tales vorbeifährt, und die ganze Gemeinde Schwarzach von oben.

Da wir keine Miete zahlen müssen, kommen wir mit unserem Einkommen gut aus. Ein bis zwei Mal im Jahr besuchen meine Frau und ich unsere Tochter in Wien. Öfter laden wir befreundete Nachbarn ein, oder wir sind bei ihnen eingeladen. Bei Wein und Essen unterhalten wir uns dann über die Neuigkeiten in unserer Gemeinde und in der Welt und verbringen fröhliche Stunden.

Mein Bruder Erich arbeitete etwa 20 Jahre lang als Technischer Zeichner in einem US-amerikanischen Betrieb in Stuttgart; seit fünf Jahren ist er pensioniert. Er ist verheiratet und hat eine Tochter und einen Sohn, die eine gute Ausbildung hatten und jetzt schon selbstständig sind. Wir telefonieren häufig miteinander, und manchmal besucht er uns mit seiner Familie in Schwarzach.

Ich denke gelegentlich daran, wie schön es wäre, wenn meine Schwester heute noch leben würde und ich mit ihr, neben meinem Bruder, über mein Leben, die schönen Zeiten und auch über unsere Probleme sprechen könnte.

In der Umgebung von Schwarzach gibt es viel zu sehen und zu erleben. Es gibt in unserer Nähe sehr schöne Thermalbäder, zum Beispiel in Bad Gastein, die wir zwei bis drei Mal im Jahr aufsuchen. Man kann sehr bequem mit der Eisenbahn hinfahren, der Bahnhof befindet sich den Badeanlagen direkt gegenüber. Wir brauchen nur die Brücke über die Straße benutzen, und schon gelangen wir ins Badeparadies mit mehreren Schwimmbecken im Innenbereich mit herrlich warmem Thermalwasser; im Sommer kann man auch draußen schwimmen. In der Umgebung der Thermalbäder findet man auch viele gute Restaurants. Man kann also den ganzen Tag an diesem schönen Ort verbringen, ohne sich zu langweilen.

Auch sonst gibt es in der näheren Umgebung von Schwarzach genügend Sehenswürdigkeiten: Schlösser, Burgen, die Eisriesenhöhle und viele andere Naturschönheiten. Und so leben wir seit vielen Jahren hier in diesem schönen Land zufrieden und glücklich und in der Hoffnung, dass es noch lange so weitergeht.

Anhang

Zeitungsartikel zu Galiziendeutschen, „Heimat – Gestern und Heute. 200 Jahre Mariahilf", April 2011:

Stadthalle: Zur großen Ausstellung zum Thema Heimat laden Galiziendeutschen ein. Photowerk (sp)

Stadthalle: Galiziendeutsche mit großer Schau zum Thema Heimat

„Heimat – Gestern und Heute" ist ab 9. April in Gifhorn zu sehen

(jr) „Heimat - Gestern und Heute. 200 Jahre Mariahilf" lautet der Titel einer Wanderausstellung des Bundes der Galiziendeutschen Wolfsburg und Umgebung, die vom 9. bis 17. April in der Gifhorner Stadthalle gezeigt wird.

Im 19. Jahrhundert siedelten viele Deutsche nach Galizien über auf der Suche nach Arbeit und Auskommen. Auch der Ort Mariahilf wurde gegründet von Siedlern aus dem Böhmerwald. „Nach dem Zweiten Weltkrieg kam ein Flüchtlings-Treck mit weit mehr als 1000 Galiziern hier in der Region an", erklärt Günter Hönig, Vorsitzender des Bundes.

Sie ließen sich nieder, siedelten beispielsweise in Gifhorn im Fischerweg und im Wittkopsweg. Insgesamt schätzt Hönig die Anzahl der Nachkommen der hiesigen Galiziendeutschen auf 15.000. „Es gibt viele offene Fragen."

Antworten geben soll die Ausstellung in der Stadthalle. In erster Linie mit Fotos, aber auch mit Landkarten und Ergebnissen von Familienforschern.

Eröffnet wird die Veranstaltung am Sonnabend, 9. April, mit einem Treffen der Galiziendeutschen. Um 14 Uhr wird die Ausstellungseröffnung im Theatersaal der Stadthalle gefeiert. Ab 16 Uhr gibt es für Besucher eine Filmvorführung über Galizien und Mariahilf.

Bis zum 17. April gibt es sodann täglich um 15 Uhr Vorträge über die Besiedlung Galiziens (14. April), die Roseggerschule in Mariahilf (16. April), ein Familientreffen mit Fotoschau der Lehner, Kolmer, Straub (12. April) oder auch einen Tag der Pfälzer Galizier (13. April).

Dank

Mehrere Personen haben mit ihrer Unterstützung zu diesem Buch beigetragen. Mein besonderer Dank gilt meinem Sohn, Anton Straub, der vor vielen Jahren anfing sich für mein Leben zu interessieren, mich dazu ermuntert hat eines Tages eine Autobiografie zu schreiben und mich bei der technischen Umsetzung unterstützt hat; Tina Steinbach, die viele Stunden damit verbracht hat den ersten Entwurf zu korrigieren und zu verbessern; Uta Scholl, die den Text schließlich professionell korrekturgelesen hat; meine Frau, Amira Straub, die immer zur Seite stand wenn ich Fragen zu unserer gemeinsamen Vergangenheit hatte.

Wilhelm Straub